喋り屋いちろう

古舘伊知郎

イラスト　村田篤司
装丁　宮原雄太（ミヤハラデザイン）
本文デザイン　後藤正仁
編集協力　田中知二
編集　高田 功
荻原 崇（集英社）
取材協力　古舘プロジェクト

目次

プロローグ

今から、自分の人生を空に向かって放り投げよう。ぜんぶ、嘘だし、ぜんぶ、本当だ。いとおしい記憶のかけらが、キラキラ光りながら、振り降りてくる。

出版社の友人から、小説を書いてみたらと、ある時言われた。自分は、喋り一本で生きてきて、自分の中に書くべき物語があるのか、ちょっと探ってみた。ない。

まったくではないが、若い時代のことが、少しばかりあったけれど、それをつなぎ合わせて、物語は、生まれるのか？　ぼんやりと考えて、小説という言葉は、どこか頭の隅に置いたまま忘れていた。

衝撃という言葉が軽すぎるほどの衝撃。

2022年10月1日、アントニオ猪木さんが亡くなった。その喪失感や悲しみを表す言葉を、喋り屋の私ではあるが、持ち合わせてはいない。

猪木さんを送るすべは、実況しかない。その年の暮れ、トークショーのために、いくつか、架空の実況を書いてみた。いくらでも浮かんでくる。それらを並べてみると、いろいろな物語が浮かんできた。

実況と実況をつなぐ物語なら書けるかもしれない。そう思って生まれてきたのが、この物語なのだ。


実況と実況を結ぶ物語。

「これは、世界初の挑戦的な実況文学だ」

とか、誰か誤解して評価してくれて、芥川賞あたりをもらえないだろうか？

超人としてのアントニオ猪木

蔵前は燃えている!!
おーっと！　怒れるベンガルの虎、タイガー・ジェット・シン。
頭にターバン、サーベル振り回して中空を切り刻んでいます。
観客が逃げ惑っている。逃げ遅れた観客の椅子ごと蹴散らしている。
入場料を払いながら、暴行を受け、あまつさえ席まで失っていく。
なんという不条理か？
おーっと、リングに踊り込んで、サーベルで、アントニオ猪木の顔面に奇襲、
サーベルの柄でめった打ちだ!!
猪木の額が割れた。鮮血が幾筋もほとばしる。
額に噛みつき。流血のジャングルで、
さしもの猪木もがっくりと膝を落とす。
タイガー・ジェット・シン、インドの怒れる神、シヴァ神の化身か？
猪木、化身の一瞬の隙をついた、
タックルから関節技にもっていく。

しかしながら、タイガー・ジェット・シンも
インド古来のグレート・ガマ流レスリングの巧者。
今度は、寝技の応酬に一変した。
蠢く人間の業のようにグラウンドで攻防。
軋む関節、骨と骨との削り合い。肉体のフォルム・輪郭が変化している。
レスラーが新たな生命体へと進化を遂げる予兆のようだ。
まるでトランスフォーメーションのように一体化していくのか？
時間はジリジリと経過していく。
タイガー・ジェット・シン、天性の悪役だ!! 目潰し！
スタンディングからまたしてもダーティーな攻撃。
金的蹴り！ ありとあらゆる暗黒な技を連打している。
おーっと！ アントニオ猪木の激怒は頂点に達したのか。
怒りの鉄拳制裁!!
弓を引くナックルパート。
一発、二発と、顔面に叩き込まれている。炎となった拳。
人よ運命の奴隷になるな。人よ己自身を超えていけ。
その一撃ごとに猪木は観客に雄弁に語っている。これこそ肉体言語だ。

5の相手を8に高めて10で仕留める。
まさに超人ならではの1万人の観客に向けた圧倒的アジテーションだっ。
超人とは、凡俗の人々が目指さない高みへの
細く揺れ動くロープの上を、
ひとり、命がけで進み続ける真の勇者であります。
人は、己自身の炎の中で、
自分自身を焼きつくそうと望まなくてはならない。
己がまず灰になっていなかったら、どうして人間は新しくなることができよう!
ぐったりとカンバスに沈む、
血まみれの怒れるシヴァ神の化身、タイガー・ジェット・シン。
「神は死んだのだ」
アントニオ猪木、現代に蘇(よみがえ)ったツァラトゥストラ。
すべての書かれたものの中で、
私は血で書かれたものだけを愛する。
血で書け。ならばわかるだろう、血が精神であることを。
今すべての人々に告げたい。この人を見よ、と。

試合後、会場と控室を結ぶ通路は、関係者やらなんやらで、ごった返していた。

「今日もよかったよ、数字も取れてるし。それにしてもいちろうの実況、意味わかんないし」

肩にサマーセーターをかけた会社のプロデューサー。テレビ局の人間は、どうして誰もが、真面目に生きてませんという同じ演技を続けるんだろう。

「かえって、ごめんね」

丸顔に眼鏡の奥に眼尻を下げて、いつも半笑い。なぜかいつも会場にいるバラエティ専門の放送作家・星山。

「いちろう、紹介するよ、こちら、オレの恩人のサトさん」

「えっ！　サトさんですか。あの時はお世話になりました。ご無沙汰してました」

実況終わりの興奮もあって、思わず、目頭が熱くなった。

星山とサトさんが、知り合いだったとは。しかも、星山は、「オレの恩人」と言っていた。

そしてサトさんは、いちろうにとっても、恩人と言っていい人だった。

大学生の頃、バイトがきっかけで知り合ったサトさんと、アナウンサーになってから知り合った星山。サトさんが星山の恩人？　どういうことなのか……。いちろうは、一瞬、ふたりの結びつきがにわかに整理できなかった。

でも考えてみれば、顔の広い星山と、テレビ業界から芸能界まで広い人脈を持つサトさんとの間に深い繋がりがあったとしても、なんの不思議もない。

やっぱり人生には予告編があるんだなと、いちろうは、ひとりごちた。

「モニターで、実況聴いたよ。やっと、お前の人生始まったな」

肩パッドが入ったような広い肩の上にのっている古武士を思わせる精悍（せいかん）な顔から、白い歯がこぼれていた。

「お前の語りに、日本中のプロレスファンは、踊り出しそうだ。つまんねぇ人生を一瞬忘れて、頭ん中は、盆踊りだな。たいしたもんだよ。でもね、オレは強欲なのよ。いちろう、今度はそいつらを踊りながら泣かせてみろよ。陽気に踊れるメロディの中で、気がつくと涙を流している。喋りで、ブルースをやってみろ。流した涙が、いろんな苦しみを流してくれるような。喋るブルース。待ってるよ」

また、白い歯を見せながら、サトさんは、人混みの中に消えて行った。

「ありがとうございます」

後ろ姿に頭を下げて語りかけた。

巨大な影にすっぽり包まれて何も見えない。頭上から、

「ビール飲みに行かない？　イチロウさん」

優しい微笑みを浮かべたアンドレ・ザ・ジャイアントだった。

そして、アナウンサーになる

1977（昭和52）年、いちろうは、晴れて六本木テレビに入社した。しかも、念願のアナウンサーとしての採用だった。

辞令を渡されても、まだ、狐につままれたような感覚だった。アナウンサー試験の面接も声がデカイのを褒められたくらいで、これといった手応えはなかった。ただ、毎年、ひとりかふたりの採用枠のアナウンサーが、この年は男女9人も採用された。どうやらこれは、3年後に迫ったモスクワ・オリンピック独占中継のために人員が割かれ、レギュラー番組の司会や実況アナウンサーが足りなくなるからだった。しかも、同期には、プロレス好きがいない。なんという運のよさ。

このテレビ局は、毛利邸、加藤邸というお屋敷跡と、それを囲むような新しい建物とのハイブリッドな作りだった。この局の象徴的な場所。毛利邸跡の毛利庭園で、新入社員と重役たちとの記念写真が撮られた。

いちろうには、確信があった。

「人生には、予告編がある」

思えば小学生の時に、大田区体育館でプロレスの試合があり、試合後、リング上のアン

トニオ猪木が、

「明日の蔵前、必ず来いよ‼」

　と本部席のマイクを取って、客席に向かって叫んだ。今考えれば、次の日の興行の煽(あお)りだったのだが、小学生のいちろうは、リングサイドから、10列目に座っている、自分ひとりに向かって猪木が叫んだんだと、思った。目があったのだ。しかし、少ないお小遣いで、次の蔵前は行けなかった。

　後年、猪木さんと中継で、蔵前国技館で一緒になった時、

「やっと、蔵前に、猪木さんに会いに来ましたよ」

　と口走ってしまい、

「なんだっけ、いちろうくん？」

　と返された。それはそうだろう。


　中学3年生の時、どうしても六本木に行きたくなった。姉貴が、友だちと六本木に遊びに行った話を自慢げに話していた。今でいうと、パリに行ったくらい特別な話に思え、どうしても、六本木に行きたくなったのだ。とはいえ、いちろうの住む北区滝野川は、東京の北部にあって、六本木は、皇居の向こう側、未知の世界だった。

　ひとりで行くのは不安なので、田辺俊明(としあき)を誘った。俊明は、隣の家で、同学年だった。

幼稚園に行く前から一緒に遊び、小中、そして高校、大学まで一緒という、親友というより、兄弟以上に深いかもしれない仲だった。

「俊明、六本木って行ったことある？」

「もちろんないよ。用事もないし」

「だよなー。一緒に探検しに行かない？」

その頃のふたりにとって、六本木は、まさに探検だった。山手線で、巣鴨から恵比寿に行って、日比谷線に乗り換えて、六本木に着いた。

地下鉄の階段を上ると、ビルがたくさんあるけれど、人気（ひとけ）のないどんよりとした街だった。誠志堂書店で、漫画を立ち読みしたり、ゲームセンターを探したり、東京タワーを眺めたりしながら、歩き疲れて六本木駅近くの交差点に戻ってくると、見たことのないショッキングピンクの喫茶店「アマンド」が視界に飛び込んでくる。思い切って入った。

「なんか、池袋のほうがデパートあるし、ゲーセンもあるし、六本木より面白いよな」

いちろうが言うと、

「だよなー。なんで、いちろうの姉ちゃんとか、こんなとこに来るのかなぁ」

昼間、六本木は寝ぼけている。やっぱり、六本木は夜なんだろう。

六本木の秘密が、どこかにあると考えたふたりは、芋洗坂を降（くだ）って、裏手を〝探検〟した。そして、完全に道に迷った。夜の帳（とばり）が下りた。ビルに隠れて東京タワーも見えない。

　すると、歩く先に、こんもりと木々が連なっている。曲がり道の正面に、大きな公園のようなエリアを見つけた。ここを越えると、地下鉄六本木駅かと思った。どんどん進んでいくと、

「何してる、勝手に入っちゃダメだぞ」

　制服を着たおじさんが、突然真横から現れて、大きな鉄条網のゲートを引っ張ってきて、ふたりを来た道に追い出した。ここはなんだ？　俊明が、「いちろう、あれ」と指差した。そこには、建物のてっぺんに、「六本木テレビ」と赤いネオン管が見えた。

「10チャンネルだ！」

「『アップダウンクイズ』のテレビ局だ！」

　六本木の謎は見つけられなかったけれど、ふたりは10チャンネルを見つけた。公園のように見えた木々は、ドラマに使う大きい鉢植えの樹木置き場だった。

　あれから8年。いちろうは、その10チャンネルの一員となった。あれは、予告編だったのかな？　それからの人生、道に迷っては、どこかにたどり着き、そしてまた道に迷って、どこかにたどり着く。そういう人生の中のひとつの予告編だったのは、確かだ。

　いちろうが入社した1977年は、第1次オイルショックからの回復期。高度経済成長の熱はまだまだ残り、週休2日制の会社も少なく、日本中が躁状態への入りかけだった。

特にテレビ局は重症だった。

新入社員は、早朝に出社する。すると5、6人の何かの番組のスタッフが、車座になって酒を飲んでいる。しかも、リノリウムの床に座り込んで、タバコを吸っている。ボヤにならないかと心配しつつ時計を見ると、朝の8時。間違いなくヤバい会社だ。

その当時のテレビ局は、新聞社や映画会社からはじき出された、やさぐれやチンピラみたいなわけのわからない連中の吹き溜まりというか、巣窟（そうくつ）のようなところだった。最初は怖かったが、慣れるとそれはそれで楽しかったのだ。

ただ、新入アナウンサーはある種、カプセルの中のように隔絶された空間で研修が行われていた。

アナウンス研修は、3ヶ月間。六本木テレビの新人9名と、系列局の6名の計15名で行われた。講師は、現役のアナウンサーが務めていた。具体的には、大きい声を出し続ける腹式呼吸の訓練から始まって、「アエイウエオアオ」「カケキクケコカコ」「ジャージジェージージュージジェージョージャージョー」「ピャピピェピピィピュピピェピョピャピョ」……。全員で声を出して、真面目に何時間もやった。なんとなく、小学校っぽい。

「山形県酒田市の大火は無事鎮火しました」という一言のニュース原稿を、200回くらい毎日繰り返す。滑舌の練習と発声の練習。山形県酒田市は、そんなに、火事が多いんだろうか？

「学校が」の前の「が」は濁音、後ろの「が」は鼻濁音。その正確な発声を半日やる。徳島の「く」は無声化するから喉仏に人差し指を当てて喉が震えない確認の訓練。これも半日。はたから見ると、カルト教団ぽい。

そして、有名なのは、

「拙者、親方と申すは、お立ち会いの内に、ご存じのお方もござりましょうが、お江戸を立って、二十里上方、相州小田原、一色町を、お過ぎなされて、青物町を、登りへお出でなさるれば、欄干橋、虎屋、藤右衛門、只今は剃髪して、円斎と名乗りまする」

という、外郎売りの台詞で滑舌の練習。円斎さんて、誰？

実況の練習に時計を見ながら、

「1秒1秒刻まれております。高級な腕時計であります。カチカチと時が刻まれています。時の流れはゆっくりといくんでしょうか？　それとも、足早に過ぎ去っていくんでしょうか？」

とか、みんなの前でやる。この後、いちろうは生涯、時計を実況することはなかった。

これはアナウンサーあるあるだが、ある日の講習で、

「いいか、大安吉日は、本来はだいあんきちにちで、たいあんきちじつは実は間違いだ。肌寒いは、はださむい。にごらない。これを間違えるアナウンサーは、日本にひとりもいない。間違えたら、異動だ」

今までの人生で、大安吉日を「だいあんきちにち」と読む人間に会ったことはない。アナウンサーカルト教徒としての思想教育を受けながら3ヶ月。なんとなく、駆け出しのアナウンサーになる。ちなみに読み方は時代とともに変わっていく。迎撃は、ぎょうげき、分水嶺は、ぶんすいりょう、と叩き込まれた。昭和である。

そんなある日、編成局で、アナウンス研修を終え、アナウンス部に戻ると、何かの番組の数字がよかったから、編成局で、「コロッケパーティー」があるという。先輩アナから、

「行ってこい。局内に顔を売るのも、アナウンサーの仕事だ」

編成へ行ってみると、

「おい、1年坊主、肉屋に行ってコロッケ100個買ってこい」

「ひゃ、100個ですか?」

さすがに、肉屋には、コロッケ100個もなくて、メンチやら、アジフライやらも入れて100個買って帰る。

編成局は、すでに、立ち飲みパブ状態で、缶ビールをバンバン開け出している。焼酎や日本酒の一升瓶も、どこからか出てきた。

「オイ、飲め、バカヤロー」

この時代は、テレビ局の現場セクションは荒っぽく、男に対しては誰にでも語尾に必ず「バカヤロー」がついた。アナウンサーは丁寧な日本語を発しろと言われながら、社内の

先輩からずっと「バカヤロー」と言われ続けた。そんな一年中パワハラな時代だった。

初めて社内で飲む酒は、アウトローの感じがして、ちょっと快感だった。この後、何度も「コロッケパーティー」をすることになるのだが。

酒が入った先輩たちの話は、真面目な研修とは違って、ザ・テレビ局な話が山盛り。ワルの一味に入った実感があった。

いわく、大酔っぱらいの社員が、そのまま宿直で会社に泊まった。そして、早朝、パンツ一丁で屋上まで上がった。何かしらの解放感を求めていたのか、屋上から玄関に向かって放尿……たまたま、早めに出社した六本木テレビの会長の顔に、その飛沫が当たった。さすがに、厳しい処分があると思われたが、内々に始末書で済んだ。

いわく、これまた朝一番のニュースで、宿直したのに飲み過ぎて、寝坊したアナウンサー。時間いっぱいにスタジオに飛び込んだ。ジャケットにネクタイ。シャツを着る時間がなかったらしく、上半身裸、下は映らないからパンツ一丁で「おはようございます。ニュースをお伝えします」の後、1項目のニュースから、何を言ってるかわからない、ロレツが回らない状態で読み進め、3項目のニュースで力尽きて、大いびきをかき始める。それから、5項目まで、いびきしか流れない。滑舌が悪いとか「だいあんきちにち」の言い間違いどころではない。

さすがに、これはアウトで、それこそ、シベリア支局かナイロビ支局あたりに異動だろうと思ったが、これまた、内々の始末書で済んだらしい。

肌寒いを「はだざむい」と読むだけで異動と言っていたというのに、いったいどこまでやったらクビとか左遷になるんだろう。つくづくこの会社は、スゴくいい会社だと、いちろうは思ったのだ。思えば、開局20年そこそこ。できて間もない後発のテレビ局なのだ。

講習の間、編成局、制作局などのアナウンサー以外の講師が、会社の説明や業務について講義をする。最終日の講師は、バラエティ番組のプロデューサーでサングラスをかけて、ジャケットを腕に通さず羽織っていた。開口一番、

「オレたちは、インテリ・ヤクザだから……」

インテリにしては、バカヅラで、ヤクザにしては、弱そうだった。

そのまま窓を見て、1時間近く動かなかった。サングラス越しの目は開いていた。いちろうは、目を開けたまま寝る人を見たのは初めてだと思った。その後もないと思う。研修の日々は、そうして終わった。

そればかりか、猪木・アリの真実を聞きながらイカタコ

研修期間3ヶ月が終わり、いちろうの担当が決まった。念願のプロレス担当だった。とはいえ、ほとんどの同期がニュース番組やスポーツでも、プロ野球などの〝真っ当な〟ス

ポーツを希望して、いちろうひとりがプロレス担当に手を挙げていたこともあった。
ただ、プロレス実況担当を命じられたのは、いちろうひとりではなかった。同期の田島輝彦とふたりが担当となったのだ。モスクワ・オリンピック要員の穴埋めとして、男女9人のアナウンサーを採用した年で、レギュラーの野球であろうが、相撲であろうが、ともかく現場の場数を踏ませる。しかも、プロレスは週1のペースだから、喋りの修行には好都合の場だったのだ。

このモスクワ・オリンピックは、後にソ連のアフガン侵攻により、日本を含めて西側諸国がボイコットすることになる。そんな運命とも知らず、新人アナウンサーを9人も採(と)ってしまった六本木テレビの損害は、どれほどのものだったろうか。

当時はそんな会社の運命など知る由もなかったのだが、ライバル出現に、いちろうは燃えた。放送されない前座の1試合目からスイッチが入る。例えば、前座が前田日明(あきら)対佐山聡(さとる)だったりすると、放送されてもいないのに、

「この体勢から、おっと、佐山聡がトップロープに登ってニードロップ。行った〜、ニードロップ。胸板(むないた)に炸裂。これは苦しいぞ。もんどり打ってないのに、もんどり打っている前田日明〜」

と、大絶叫。誰にアピールするわけではないが、せっかくつかみかけたプロレス実況担当の座を勝ちとろうとしていた。カセットテープに録音した前座の実況を聴いた先輩が、

「お前、狐憑きかなんかか？」と本気で聞いてきた。

一方の同期の田島は、いかにも国立大学出身で、お調子者のいちろうとは対照的に、どちらかというと、地味で堅い感じでニュースアナっぽい喋りだった。

同じ実況の練習でも、低いトーンで、

「佐山、ロープに登り詰めようとしているのでしょうか。そこから舞い降りていこうとしているようです」

地味で全然盛り上がらない。沈着冷静すぎてプロレスには向いてない。

「今、選手がトップロープ方面へと登り詰めようとしているとみられます」

非常に好対照なふたりが、プロレスの実況練習とか実況レポートをやっていった。いちろうは錯乱状態、田島は沈着冷静、最上限と最下限でバランスが取れるみたいな、変なふたり体制だった。

田島は、やがて報道に移り、のちにカイロ支局長になる。この田島というライバルがいたからこそ、自分は最終的にプロレスの実況担当にしてもらったのだと、いちろうは思った。「性格こそ運命だ」という言葉もあるけれど、いちろうはプロレス過激実況アナに、田島は報道マンに、それぞれの道を見つけていったのだ。

舟越英一さん。憧れにして、神様。大学4年の時にテレビにかじりついて見た『アリ・

猪木戦』をはじめ、数々の名実況を手がけてきた大先輩だ。

「古代ローマ、パンクラチオンの時代から人々は強い者への憧憬を深めました。今、蔵前国技館。赤の花道からゆっくりと、燃える闘魂、アーントニオ猪木、入場であります」

落ち着いた喋り。耳に心地いい七五調の韻の踏み方。リング上で展開される闘い絵巻とは対照的な品のいいトーンは、試合を引き立たせていた。

舟越さんは実況同様に品のいい人で、背筋がピンと伸び、精悍な顔をした人だった。

「プロレス志望とは、変わってるね」

「いえ、プロレスこそ最高のスポーツです。猪木さんと舟越さんは、僕の神様で」

「猪木さんはともかく、僕はゲスですよ。アッハハ。しっかり頼むよ」

「しっかり修行させていただきます」

舟越さんは、新日本プロレスの中継『ワールドプロレスリング』の立ち上げから、実況を担当していた。

馬場・猪木のBI砲と言われながら、同期デビューのジャイアント馬場の連戦連勝と比べ、猪木は、デビュー以来9連敗。両雄並び立たずで、ふたりは袂を分かち、アントニオ猪木は、新日本プロレスの社長として再出発する。ジャイアント馬場も同じ年には日本プロレスを退団し全日本プロレスを創立した。現在のように、各団体の選手が自由にコラボする時代ではない。団体同士の交流はおろか、敵対関係だった。馬場はもともとアメリカに顔が利いたし、早い段階からテレビのバックアップでアメリカをサーキットしつつ、各地の有力プロモーターたちと強いパイプを築くことができた。

　そのため初期から誰もが知る有名選手を招聘（しょうへい）できたが、猪木の場合は旗揚げからノーテレビ、そして１９７３年４月になって六本木テレビで新日本プロレスの中継が始まってからも、しばらくは各地にこれといった太いパイプがなかった。それだけに舟越実況が、あまり有名ではない選手の魅力や特徴をわかりやすく伝えるフレーズにこだわったというのは、必要不可欠なことでもあったのだ。

　新日本プロレスは、タイガー・ジェット・シンはじめ、海外では評価を得られていなかった選手を発掘してキャラクターを立てて育てたり、国際プロレスの主力選手だったストロング小林をはじめ大物日本人対決を実現したり、「オランダの赤鬼」ウィリエム・ルスカ戦に始まる異種格闘技路線をスタートしたりして、次第に注目を集めることに成功していった。

　また、外国人選手招聘という面ではニューヨークのＷＷＷＦ（現ＷＷＥ）と提携したことも大きい。そうやって着々と礎（いしずえ）を築いていった間も一貫してリングと舟越さんの実況の二人三脚が新日本プロレスを育てていった。

　舟越さんの新日本プロレスのテレビ放送の第一声は、あの坂本龍馬の「日本の夜明けぜよ」にかけて、

「プロレスの夜明けですっ！」

このフレーズは、通の間では有名だった。いちろうは、そんな伝説の人の弟子になった。資料のびっちり詰まったカバンを持ち、実況席で、それを取り出し、丹念に並べて準備する舟越さん、丁寧に言葉を紡ぐ舟越さんの傍（かたわ）らに待機しながら、試合前、試合後に、選手のインタビューに走った。中継が終わると、

「いちろう、飲みに行くぞ」

と誘ってくれた舟越さんは、仕事に酒に、驚くほどタフだった。いちろうは、一も二もなく、お供する。よく、舟越さんが連れて行ってくれたのは、新宿・区役所通りにほど近い寿司屋だった。課外授業が始まる。いくら払ってもいいような、特別な課外授業だったが、時折、説教もあって、いつも、緊張するいちろうだった。

「だいぶ慣れたかい？」

「インタビューは、慣れてきました。でも、リング上に目が行き過ぎてしまって。それを、感情を抑えて実況する舟越さんがスゴいと、いつも感心しています」

「いいこと言うねえ、お若えの、飲みねえ飲みねえ、寿司食いねえ。ただし、一番安いイカとタコな」

イタズラっぽく笑いながら、お猪口（ちょこ）に酒を注いでくれた。

舟越さんは、いつもの刺身盛りを注文する。

「お前、なんか頼まないの？」

「じゃ、イカとタコ2貫ずつ、お願いします」

舟越さんの実況論が始まる。

「実況ってのは、後追いなんだよ。今、選手たちがやってることを言葉で描いていく。テレビで見ている人にわかりやすく、邪魔にならないように。それで、特別なシーン——例えば、大技が決まった時とかに、ちょっと力を入れる。その技がいかにスゴいか、その技に至るまでの組み立てとかを描写する。つまり、視聴者と一体化するんだ。見ている人の思い入れと、実況がシンクロするんだ」

「僕にもできるようになるでしょうか？」

「できるさ。お前さん、声も筋もいい。何よりプロレスを愛しているよ。絶対、いいアナウンサーになれるよ。ただし、プロレスのな」

「もうひとつ、聞いてもいいですか？　舟越さんが実況した、猪木・アリ戦をどう思います？　僕は、新聞とか雑誌で読んで、いろいろ考えるんですが、自分では、どう位置づけていいのか……」

「あれ以上の名勝負は、ないね。お互い、命を捨てて、少なくとも、猪木さんは命を捨てて、抜き身の真剣で戦った。契約で、猪木さんのレスリング技は、ほとんど使えなかったことを、これまた契約で、実況で説明できないもどかしさはあったけど。実況席から、サムライの命懸けの真剣勝負を見ていると思った。それに、スポーツ新聞だけじゃなく、一般紙にも報道されたし。意地悪な意味でも、好意的な意味でも世界に発信された」

「猪木さんが標榜しているように、『プロレスこそ、キング・オブ・スポーツだ』ってことですね。それが、今の異種格闘技戦につながってる。なんか、モヤモヤが晴れました。ありがとうございます」

「次の伝説の試合は、お前の実況になるかな？　そうなったら、オレがライバルだなんてね。もっと、食えよ」

「はい、イカとタコ2貫ずつお願いします」

「前回オレと一緒に来た後輩は、気を遣ってシャリだけで、ガリを合わせてネタなしで食ってたぞ」

「すいません」

「そういえば、まだ、お前、実況デビューもしてなかったね。今度のサマーシリーズで、デビューするか」

「えっ、いきなり、武道館ですか？」

「んなわけない。埼玉県の越谷だよ。念のため、生放送は怖いから、録画な」

越谷でも、どこでも、実況デビューが決まった。いちろうは、すでに緊張してきて、目の前の杯をひと息に飲み干した。

結局、イカとタコを6貫ずつシャリを大きめにしてもらって食べた。実況デビューしたら、その夜は自腹でトロとウニを絶対に食べようと、心に誓った。

なんと、美人アナに逆ナンされる⁉

新入社員の頃のいちろうは、朝一番で、六本木のテレビ局に出社する。アナウンス室の全員の机の雑巾がけが日課なのだ。

人影がある。ソファに寝転び、新聞を顔に覆った、夜勤明けの先輩だ。ごそごそと起き出す。

「お前、最近、プロレスの実況やらせてもらって、いい気になってるらしいじゃねーの、バカヤロー！」

もともと、口は悪いけど、寝起きなので、最悪だ。

「い、いい気だなんて。志望が叶って、い、一生懸命やらせてもらってます」

「プロレスは最近、人気らしいな。あんなもん、ショーだろ。それに流行りものだ。野球とか、相撲とか、本物のスポーツ実況がやれてこそ、スポーツアナは一人前になるんだ。お前には誰も期待してないから、プロレスやらされてるんだよ。それに、すぐ噛む。ワイドショーも無理だな。暇なんだから、ニュース原稿読む練習でもしとけ」

言うだけ言って、洗面所かどこかに消えてゆく。

徒弟制度のアナウンサーの世界だから、自分が悪く言われるのは我慢できる。ただ、プロレスを頭ごなしに否定されて、どうしようもない怒りで、体が震えた。自分のデスクの椅子に座って、天井を見上げる。そこには、さそり固めを決めて、どうだと言わんばかりの顔をした長州力のポスターが貼ってある。ちょっと、鼻水が出てくる。

ふと、いい香りがした。なぜか、アナウンス室が、一瞬で華やかになった。お昼のワイドショーで、今、人気が爆発している2年先輩のみねこさんだ。いつも、アナウンス部には寄らず、スタジオに直行の売れっ子で、滅多に会うことはない。

「あなた、いちろうくんね。プロレスの実況やってるの？　あたし、プロレスに興味なかったけど、今、ハマってるのよ。猪木さんて普段どんな人？　じっくり聞きたいわ。今夜、空いてる？」

「こ、今夜も、明日の夜もずっと空いてます」

「じゃ、後で電話するね、部屋にいて！」

いちろうは、呆然とした。あんな美人に誘われるなんて。股間は人生最大の地殻変動を起こしそうだった。

「お前、ちゃんと、デスクの雑巾がけしたのか？　バカヤロー！」

洗面所から戻った鬼の先輩スポーツアナ。

ニコニコしながら、

「もう一度、ふかせていただきます」


いちろうのプロレス実況デビューのきっかけは、あまりにもプロレスファンの間では有名なグレート・アントニオ対猪木戦、ボコボコ事件だった。

古き力道山と木村政彦のセメントマッチを彷彿(ほうふつ)させるような、猪木が顔面に容赦ない蹴りを浴びせて、血まみれにして、あっという間に数分で倒してしまった、シリーズのファイナルマッチだ。

そのメインイベントの時に、当然、先輩の舟越アナウンサーが実況していて、いちろうがサイドレポートで、猪木陣営とかグレート・アントニオ陣営とか、セコンドからレポートを入れる役回り。グレート・アントニオのマネージャーが太いチェーンをエプロンの下に隠しているのを、ずっとしゃがみこんで、セコンド側にいたので発見できた。

これは特ダネだ、レポートを入れなきゃと。

「放送席、実況の舟越さん」

「はい、ふるたちアナウンサー、どうぞ」

「こちらグレート・アントニオサイド、コーナーに詰めておりますと、今、マネージャーが、太いチェーンをちょっと手首の辺りに巻く仕草が見えました。隠し持ってたようです。

もしかしたら、これが凶器になって猪木を襲うんじゃないでしょうか」

予告実況レポートを得意満面で入れた。

舟越さんのリアクションがすごかった。今でも心にしみ込んでいる。

普通だったら、「はい、わかりました」とか、「ふるたちアナウンサーからレポートが入りました。それにつけてもですね……」とか解説に振ったり、「チェーンを持っているということは、一体何が起きるのか」などと、受けてくれるかなと思ったら、予想が外れた。

しばしの沈黙ののち、何も受けずに、

「さあ、この体勢、猪木どうするか」

いちろうのレポートがなかったこととして消しゴムで消された。ただならぬ気配が感じられた。試合終了後、お客さんのいなくなった放送席まわりで、烈火の如く舟越さんに怒られた。

「貴様は何を考えてるんだ!! アントニオ猪木の新日本プロレスはストロング・スタイルでやってるんだ。凶器攻撃、反則攻撃で、ラフプレーになるような凶器をあらかじめ隠し持っているって言うと、仕込みみたいじゃないか。バカヤロー」

結果的に、そのチェーンは使われた。それをきっかけに猪木が怒り狂って、グレート・アントニオをめった打ちにした。

いちろうも、めった打ちにされ、心から反省し、自分の浅はかさを思い知った。オレの実況も、どんなに叫びまくったとしても、根底は〝喋るストロング・スタイル〟でないとダメだと固く心に誓った。めった打ちされた後、1週間くらいしてからのこと、

「お前、レポートじゃなく、実況やってみろ」

という指令が来た。越谷だった。

「越谷で実況デビューしてみろ」「中継録画なら無難だから、生じゃないからやってみろ」

と言われた。

後知恵（あとぢえ）で思うにこれは、六本木テレビのアナウンス部と運動部——中学の部活みたいな名前だったが、この頃の部署名は「運動部」。「スポーツ局」などという洗練された名前になるのは、ずっと後のこと——ふたつの部の話し合いで、いずれオリンピックの準備のために、ベテランアナがみんな抜けなければいけないから、若手を一度、越谷あたりで試験的に使ってみて、いけるなら一本立ちさせようという青写真があったのだ。

プロレス担当スタッフと舟越さんとの話し合いがあったはずだ。それがあったからこそ、いちろうの勇み足の実況レポートに対して舟越さんは、そこで5怒るところを20にして打ちのめして、お灸を据えてくれたのだろう。有頂天になるなよという、戒（いまし）めだ。あの怒りは、半分は越谷へつながった伏線なのだ、といちろうは都合よく解釈した。

夏場の暑い時期だった。越谷市体育館。カードは、長州力対エルゴリアスの一戦。とに

かく、長州力の戦いを自分が実況するというので、何日もかけて資料整理に余念なく、万全に頭をパンパンにして、緊張状態の中で越谷の体育館に向かった。

駐車場で降りて、体育館に入って行く時の情景はうっすら覚えているが、どういう心持ちと面持ちで放送席に着いてセミセミファイナルを実況したのか、その前後は、覚えていない。とにかく試合が始まって、フルで実況した緊張状態。結果的に、試合はセミセミファイナルだから、時間調整もあり、編集上は途中から使われて、実際の放映では、

「館内はかなり夏場の暑さも相まって、そして、人々の人いきれも相まって、多くの大観衆の、多くの観衆の額から汗がしたたら……たらたら、したたら、たらたら、たらたら落ちています」

という素人のお天気予報のようなところからなぜか放送にのってしまった。

アップテンポな自分なりのいい実況ができたものの、普通に喋っている時は、学生時代から悩みだった極度のあがり症が出て、あまりにも緊張状態で素の喋りになって、吃音が出てしまったのだ。

素の喋りの時、いちろうはよく吃音が出た。ただ歌うように実況している時は吃音にならないのが不思議だった。普段から、歌を歌っている時とひとり言を言う時には、吃音は出なかった。だから、歌うようにできる実況では、言葉は途中で止まらなかったのである。

というわけで、初めての放送で背中が痺れる

収録から数日して、放送日がやってきた。

1977年の夏、人生初の実況デビューの日。いちろうは、新日本プロレスの慰安旅行で伊豆大島にいた。六本木テレビの運動部と、アナウンス部の舟越さんや、いちろうたちが、業務の一環として新日本プロレスの慰安旅行に取材で同行するという形だ。

午後5時からは恒例の宴会。7時頃には宴会が終わると、今度は麻雀大会になる。いつものように、孤高の人、猪木さんは部屋に引っ込んでしまう。坂口征二さんは麻雀好きだったし、舟越さんも好き、旅館の大広間での麻雀大会である。

一番下っ端のいちろうは当然、下働きだ。坂口さんや、舟越さんや、その他のレスラーや、六本木テレビのプロデューサーや、先輩のチーフディレクターの方々にウイスキーの水割りを作ってさしあげる担当。昭和の封建制だ。

一方の手にマドラー、一方の手にタンブラーグラスを持って、水商売でもないのに、アイスペールから氷を出し、グラスに叩き込み、そして、水割り。サントリーオールドやらリザーブやらを入れ、そして、半分くらい富士ミネラルウォーターを入れて、マドラーで攪拌(かくはん)して世界の荒鷲、坂口征二に渡すなど、そういう業務をやり続けた。

宴会から始まって、麻雀大会になってもずっと水割りを作り続けて、だいぶ行き渡ったあたりで、7時55分、時刻は午後8時に近づいてきたのだ。

まもなく『ワールドプロレスリング』の中継録画のオンエアが始まる！

セミセミファイナルだから、すぐいちろうの実況だ。もじもじしながら、舟越さんに、

「すみません。オンエア始まりますけども、見に行っていいでしょうか？」

舟越さんは優しく、

「おー、いいよ。行ってこい。水割り誰かに作らせるから」

いちろうは一番若い『ワールドプロレスリング』の担当ディレクターと、小さな伊豆大島の旅館の一番狭い部屋に飛び込んでいった。部屋にはもう布団が敷かれていた。

一番奥の狭い部屋の角っこに、赤いプラスチック製の分厚いテレビの側面が見えた。そのテレビといったら、本当にプラスチック製の安っぽい、ちっちゃい画面のテレビだった。100円ずつ入れるコイン式。100円、200円、300円と用意していた硬貨を入れてパチッとつけたら、始まった。

チャンチャーン、チャチャチャチャ、チャッチャチャチャー♪

『ワールドプロレスリング』の勇壮なテーマ曲。

「この放送は小松製作所と小松フォークリフトの提供でお送りします」という提供アナウンスが流れてきた。コマーシャルが流れて、それからポンと越谷市体育館のセミセミファ

イナルが始まった瞬間に、いちろうは感動した。

「実況・古舘伊知郎。解説・遠藤幸吉」というテロップが出た。

これは、必ずシステマティックに出るから当たり前なのだが、「実況・古舘伊知郎」という、無機質な白で染め抜かれたテロップが小さめに画面の右下に出た時に、背中がビリビリ痺れた。何かが突き抜けるような感動。自分の名前が全国津々浦々に流れている。これは本当にオレの名前なのか？　と思った。この背中の痺れがなかったら、今につながっていない。喋り手として生き抜く原体験がこれだった。

自分が担当のパートが終わったら、そそくさとテレビを消して、戻って何食わぬ顔で水割りを作り始めた。つまり、いちろうは、ポンと非日常に15分くらい迷い込んで、また日常の水割りを作るところに戻ったのだ。シンデレラがお城から戻ってきたみたいな、またお姉さんたちにいじめられるみたいな、男シンデレラみたいな状態で日常に戻る形で水割りを延々と作っていた。

けれど、あの痺れの感触は、一生、刻まれたままである。

そういえば、ずっと前に、背中に似たような痺れを感じたことがあった。高校時代のことだ。中学を卒業するまで、いちろうは、家族から無口だと思われ、自分でもそう思い込んでいた。

家では、父親も母親も姉もお喋り、のお喋り一家。誰も人の話など聞かず、それぞれが自由気ままに、自分のお喋りをしていた。その中で、いちろうだけが無口だった、と思い込まされていた。家族から、「お前は無口だ。引っ込み思案だ」と決めつけられていたので、自分もそう思い込んでいた。極度のあがり症で、緊張すると、吃音になることも多かった。義務教育が終わるまでは、死火山だと思っていた。

ただ、中学生になると、ラジオの深夜放送を聴いて、ディスクジョッキーに憧れた。特に『セイ！ヤング』のみのもんたの喋りが大好きだった。あんまり聴き過ぎて、高校受験に失敗するほどだったが、それでも、「将来はみのもんたのような喋り手になりたい」と思って、深夜放送を聴きまくった。

父、母、姉に「無口だ」と決めつけられ、抑えつけられていた分、いちろうの中の「お喋り因子」は、内圧が高まるばかりだった。

高校に入って、それが一気に爆発した。死火山だと思っていた山は、実は活火山だったのだ。きっかけは、同級生たちとやった、プロレスの無料興行だった。

いちろうが通った立教高校は、埼玉の片田舎にあるキリスト教系の私立高校だった。中庭にはチェコ出身の有名な建築家が設計した大きなチャペルがあり、チャペルの周囲には芝生が敷き詰められた大きな庭があった。

そこに、昼休みごとにプロレス好きが集まって、毎日のように流血の試合を繰り広げる。

チャペルの鐘が鳴る下で、ボールペンを凶器に、本当に額から血を流す試合を見せるのだ。

いちろうは、興行のプロデューサー兼実況アナだった。


イエス・キリストが見守る中での大流血！

これがまさに、戦う使徒行伝か。

新約聖書208ページ……


誰も、聖書なんか勉強していないのだが、一応、週に1回、聖書の授業があるので、ドッカーンと、爆笑が走る。

興行は、日を追うごとに人気を博し、次第に集まってくる観衆も増えて、毎日何百人もの生徒が集まるようになった。1年先輩にはのちにお笑いタレントとなるルー大柴、2年先輩には高橋幸宏、1年下には佐野元春など……のちに芸能界や音楽界で大活躍する先輩、後輩たちもプロレス興行に盛り上がった。

観衆が増えると、試合もさらにエスカレート。ボールペン凶器の鮮血も、日に日に派手になっていく。対戦する両者が共に額を割り流血すると、ボルテージは最大になる。


チャペルの中庭で、大流血する血みどろの闘いだ。

かつて、ゴルゴダの丘で十字架にかけられ、
四方向を釘で打たれて、血を流して死んでいった
あのイエス・キリストのように……

殺気漂う中に、聖書の話を織り交ぜると、ドッカーン！　何百人と集まった観衆が、爆発する。絶叫を続けるいちろうは、その度に背中に痺れが走るのを感じた。

「オレ、やっぱり喋れるじゃん！」

ベツレヘムの馬小屋でイエス・キリストが誕生したように、喋り屋が産声をあげた瞬間だった。

一度ウケると、観衆を煽る言葉が次々と出てくる。煽れば、次の日はさらに観衆が増える。とうとう昼休みには中庭がいっぱいになって人が溢れるほどになり、先生までが「何事か」と見に来るようになった。今だったら、大問題になって、興行は即座に中止だろう。ところが、流血の試合をしばらく眺めていた先生は、「バ～カ！」と一言吐き捨てて、去って行った。いい加減な時代だった。

「オレ、イケてる！」

まるで、蛹(さなぎ)から蝶が羽化するような気分。激しく熱く流れた痺れの爽快感は、それからずっと、背中に残っていたのだ。

にもかかわらず、先輩たちから〝可愛がられる〟

いちろうはパンツ一丁で縛られ、逆さ吊りになっていた。足首を拘束具で縛られ、その上からロープを足首に巻きつけられ、それを機械で巻き取られて逆さ吊りにされていた。

「レポーターのいちろうさん、今、どこですか？」

スタジオから、司会者が声をかける。

「六本木に新しくできた、SM専門ホテル『アルファイン』から、中継しております。最近は、SMブームで、予約が取れないホテルとなっています」

「ところで、なんで、逆さ吊りなんですか？」

傍らのマスクをつけた、黒革のボディスーツの女性を指差して、

「SMは、体験しなくてはよさがわからないと女王様に言われまして、非常に頭に血が昇って、喋るのがやっとです」

「SMは、どうですか？　気に入りました？」

「気に入るというか、完全に失神寸前です。赤黒い私の顔はかなり醜いと思われます。この状況で快感が走るとか、痺れるようなとか、私にはSMの素養がまったくないのでしょうか……おっと、女王様のムチが私の腰骨のあたりに浅くヒットしました。女王様と言っ

ても、エリザベス女王ではありません！」

やがていちろうは、ズルズルと床に降ろされた。

ワイドショー特有の流行りものを探して、突撃レポートをするコーナーをよくやった。親も見ているかもしれない番組で、恥ずかしいけれど、いつも内容も説明されないまま現場に行かされた。スポーツアナとはいえ、ニュース、ワイドショーのレポーター、CMなんでもやらされた。新人への可愛がりという名のシゴキは、日常だった。

アナウンス部は、体育会系で、規律にうるさく、外部の仕事が終わり、会社に戻ると、「ただ今、銀座取材から戻ってまいりました」「蔵前国技館から、今、戻りました」などと部屋いっぱいに聞こえる声で報告する決まりだった。

「いちろう、SMホテル、アルファインの逆さ吊りから無事戻りました！」

そういうのはデカい声で言わなくていいんだよと、先輩に注意される。女子社員から、汚いものを見るように顔をそむけられる。

いつも、ルールにうるさいのに、ふざけんなと思う、いちろうであった。

地方でのプロレス中継は、プロデューサー、カメラマン、音声さんなど、10名ほどの大所帯になる。いちろうは、アナウンサー兼雑用係。郡山での地方巡業の宿泊先は、「郡山プリンス・ホテル」が多かった。あのプリンスホテル系列とはまったく関係のないビジネスホテル。そこの支配人が、ちょっと変わっていて、「門限は11時で、1分でも過ぎたら、玄関を閉めます」と宣言されていた。ホテルなのになんなのかと思った。

地方巡業が終わると、スタッフと打ち上げをするのが恒例となっていた。その日も、居酒屋で打ち上げをしていると、

「あの支配人、頑固そうだから、誰か先に帰って、オレらが帰ってきたら、ドアを叩くから、非常口を中から開けてもらわないとな。外の非常階段を上がって行くから」

と、プロデューサーが言った。

誰かといえば、使いっ走りのいちろうに決まっている。

「承知しました。先に帰って、僕の部屋が1階の非常階段側なので、廊下のドアを外から叩いてもらえれば、中から開けます」

いちろうは、飲み足りない思いで、居酒屋を後にした。

ホテルに戻っても、部屋の中にいると、みんなが戻ってきた時に気づかない可能性がある。10月にしては寒い日だった。部屋の毛布を体に巻いて、廊下に出て非常口に背中をもたれかけ、座り込んだ。これなら、みんなが帰ってきたら確実に中側から開けられる。そう考えながら、そのままの体勢で眠り込んだのだった。

翌朝、悪寒とともに目を覚ました。非常口の前の廊下で行き倒れ状態。状況が一瞬飲み込めなかった。荷物をまとめて東京に戻って出社。すると、昨日、居酒屋にいたスタッフ

が、何人かいた。

「郡山だから、電車調べたら余裕で帰れるんで、東京に戻って上野で飲んでたよ」

とスタッフのひとりが、こともなげに言った。こういうことは、日常茶飯だったが、今回は、あまりに理不尽だったので、いちろうは、キレた。

「昨日は、ホテルの非常口の前で皆様をお待ちしていました。どうしたら、ひとりだけ置いて帰れるんでしょうか……」

『日刊スポーツ』を読んでいた舟越さんが、新聞を置くや、いちろうに怒鳴りつけてきた。

「何言ってんだ、お前、駆け出しのくせに。お前なんか、先輩に、三遍回ってワンと言えと言われれば、ワンと言うんだ！」

謎の逆ギレをしてきた。運動部のプロデューサー、ディレクターの手前もあったのか、直属の上司として、キレてるいちろうを黙らせたかったのだろうと、後になって察する。

ともかく、縦社会時代だった。特にスポーツ実況アナで、運動部のスタッフとして働く身。自分は、格闘技好きの反体育会系だ、と思ういちろうだった。

そんな中、実況〝電車道〟

この頃いちろうは、密かにふたり目の師に巡り合った。その人の名は、四谷放送の戸田雅人さん。

　プロレス実況アナとなったが、相撲の本場所中は、相撲中継に駆り出される。いちろうは、プロレス実況をメインとしながらも、相撲も訓練とばかりに東西支度部屋を取材。夜の放送に備えて「決まり手が上手投げ」とか、先輩アナのサポートとして、資料を作っていく。もちろん、相撲の実況の練習もする。夕方4時半ぐらいから始まり、序二段の土俵上から実況練習だ。

「隅田川の川面にやぐら太鼓が流れまして、相撲甚句の歌声が……」と、聞こえてもいない相撲甚句も引き合いに出しながら実況練習する。

「二字口（にじぐち）下がって、塵（ちり）を切ります」などと、仕切りの時から細かく、基本的な言い回しを駆使するラジオ的な実況をする。

　ただ、4時半ぐらいからやっていると、やっぱり飽きる。入社2年目に、先輩のアナウンサーに思いっきりゲンコツで後頭部を殴られたのを覚えている。2階席の一番前で、序二段あたりの取り組みの時、冷めてもうまい相撲焼き鳥を食べながら、誰も見てねえからいいやと思って、カセットレコーダーに実況練習をもごもごと吹き込んでいたら、いきなり、後ろからぶん殴られた。先輩アナだった。焼き鳥の串が喉に刺さったら、確実に病院行きだったと思う。

　蔵前国技館でいちろうは、四谷放送の戸田雅人さんの実況にハマった。ラジオで聴いている彼の実況に、心はわしづかみにされた。例えば、戸田実況は、こうだ。

「それでは、実況席の戸田さん！」と司会に呼びかけられても、すぐには始めない。1、2秒、場内の「わーっ」という歓声を入れて雰囲気を作ってから、太い、響きのある声で朗々と、

「昨日、まず羽黒山と並ぶ22連勝、今日勝つと北の富士を超えて、連勝街道の頂点に立つぞ北の湖。さあ、かたや輪島待ったなし。行司軍配は式守伊之助、今、軍配を返した！　立ったぁぁぁー、電車道、電車道、寄り切り北の湖！　上手投げを効かせられなかった輪島。錆びついたり黄金の左腕！」

短い中に、すべての情報が入っていて、しかも、独特のフレーズで締める。こんな実況ができたら……。いちろうは、一方的に戸田さんの弟子になりきった。テレビの仕事で来ているのに、他社のラジオのアナウンサーの弟子になろうとする行動。局内でよく思われるはずもなかった。

本当は先輩アナやスタッフが取材している傍らで何かとお手伝いしなければいけない振る舞いを捨てて、ひとりはぐれて四谷放送の放送席（ます席）に向かう。ＮＨＫのテレビやラジオとは違い、四谷放送は記者席のいい場所を持っているわけではなく、ちょっと中ほどの花道に近い位置で、戸田さんが鶴田浩二ばりに右耳に手を当て、頬杖をつく形でスタンバイしている。いちろうは、花道に立ち、戸田さんの真下で、トランジスタラジオを

ジャケットのポケットに差し込み、片方の耳ではイヤフォンで戸田さんの実況を生放送で聴き、一方の耳で肉声を聴いているという、贅沢な実況サラウンドシステム！

横綱玉の海と親しかった戸田さんは、玉の海からもらったびんつけ油をいつも髪につけており、香りがピーンと周囲に漂う。いちろうは、お洒落だった戸田さんのシアサッカーのジャケットの色味まで、しっかりと目に焼き付けた。

しかし、このことは、次第に六本木テレビのアナウンサーたちの間にもバレていった。すると、「四谷放送の戸田の実況ばっかりに執心して、こっちの記者席に寄りつかないで向こうの実況ばっかり聴いている。バカか、あいつは、何やってんだ」と言われるようになっていった。それでも、戸田さんが実況席に来る時は万難を排して近づき、技を盗もうとその一挙一動、片言隻句（へんげんせきご）に注意を傾けた。東京以外の場所の時は、なるべく戸田さんのラジオの実況を聴くようにした。

ある日の夕方、アナウンス部で仕事をしながら、四谷放送の『大相撲熱戦十番』の実況をイヤフォンで聴いていた。名古屋場所だった。耳の中で戸田さんの実況のボルテージが上がった。

「結びの一番、大番狂わせー！　どよめいている愛知県体育館、座布団が飛び交った。3枚、30枚、300枚、3000枚！　座布団の雨あられ」

何事かと思ってNHKのテレビ中継を映し出したモニター画面を見やると、5枚ほど座布団が舞っていた。

あとで戸田さんにそのことを聞いた。

「ラジオってのは、テレビと違ってある程度の盛り上げのためのウソなら許される、とオレは思っている。ラジオは脳内にイメージをリスナーが描いていくメディアなんだから、ウソも方便。時として宝になる。あーあわれメリーさんよ、チッタッタ、チンタッタ」

と、戸田さんの母校・早稲田大学第二校歌の『人生劇場』の語りへとスライドした。

それならテレビで「ある程度のウソ」を喋ったらどうなるんだろう？　戸田さんの答えを聞いた時、いちろうの中で、何かが準備されつつある感触があった。

夢を織りなす者としてのアントニオ猪木

会場は叫びとささやきに満ちています。

〝人生は動きまわる影法師。
哀れな役者たちが短い時間を舞台の上で派手に動いて、
声を張り上げて去ってゆく。ひとつも意味することなどないのだ〟

英国の偉大な劇作家は、このように人間を描いております。
しかし、影法師の儚(はかな)さこそ、哀れな役者たちの儚さこそが人の営み。
ひと夜限りの闘い絵巻。人の世の中、儚さを極彩色に染め、
そして沸き立つ想いこそに意味があり、それを糧に人生は豊かになってゆく。
プロレスの熱狂は、儚さを生きるための果実にしてゆくのであります。
思い起こすに、わたくしは実況席に座っておりますと、
言葉が湯水のように流れだしてまいりました。
止まらなかったのであります。どうしてでしょうか？

さあ、猪木、キーロックの体勢に入って、
アンドレ・ザ・ジャイアントのほんの一部、ディテール、
腕の辺りを攻め込んでおります。
さあ、アンドレ・ザ・ジャイアントが立ち上がってしまいました。強引だ。
猪木、それでも、キーロックを決して外すことはありません。
アンドレ・ザ・ジャイアント、仁王立ちになりました。
そして、ちょっと後ずさっている。
かなり肘を決められて痛いんでありましょうか。
しかしながら、左の肩口に猪木をひょいと乗っけております。
2メートル23センチ、260キロの人間山脈が105キロの猪木を、
引っ越しの荷物のように担ぎ上げております。
じりっじりっと後退して、
コーナーポストに苦し紛れに猪木の体を固定する形になりました。
しかし、キーロック、猪木は放しません。
おーっと、猪木がリング中央をめがけて頭から突っ込んで回転した。
肘を決めて外さない。アンドレも大回転。

ドスーンという巨大隕石落下の衝撃音だ。かつて、この衝撃音とともに、
わたくしが記憶の奥底に仕舞い込んだものが、今、蘇ってきてしまいました。
そうです、回転といえば、小学校5年の時、
わたくしはまったくの肥満児でありました。
そして、体育の時間に、たった90センチの高さの走り高跳びを
跳ぶことができませんでした。
そして、クラスメイトが一生懸命、
手拍子で励ましてくれているのが耳に飛び込んできて、
嬉しくも、とっても切なかったのであります。
そして、逆上がりもできなかった。放課後、ひとりで黙々と鉄棒で、
逆手でバーを握りまして逆上がりの練習をやっていたところ、
弾みで、ぐるりと回った瞬間がありました。わたくしは嬉しかった。
しかし、わたくしは回れると思っていなかっただけに、わたくしが回ったのではなく、
周りの世界がぐるっとひと回りしたという感覚がありました。
まるで地球の自転というものを感じた瞬間だったのであります。
今、リング上で月と地球がぐるりとひと回りした！
人の世は夢と同じもので織りなされている。

アントニオ猪木の紡ぐ夢は、現実となり、そしてまた儚い夢に帰ってゆく。

観客は、夢の中に生き、現実を乗り越えてゆくのでしょうか！


試合の前、近くの公園の芝生の上に座るアンドレを見かけた。公園に突然、大仏が現れたようで、遠巻きに眺めはするものの誰も近づかない。

隣に座ると、ニッコリとアンドレ。

「僕はフランスの山奥で育ったから、人混みより、こういうとこ好きだっちゃ」

「お父さんも、お母さんもアンドレより大きかったんだよね」

「今は、みんな僕より小さいにー。だから、みんな僕を怖がるんだねん」

「怖がるのと違うかなぁ。畏れっていう、敬う気持ちがあるんだと思うよ。まるで、神様を畏れ敬うみたいな」

「ホーガンだって大きいのに、みんな大好きだろんがや。みんなに好かれるって、どんな気持ちだがや」

「僕は、親友だよ。少なくとも、僕はアンドレが大好きだよ。ひとりじゃ足りない？」

「ひとりで充分だがや。今日は、場外乱闘で、みんなを死ぬほど怖がらせるねん」

ぐふふふふ。

アンドレが立ち上がると、太陽がその陰に隠れた。

ともあれ、バカウケして運命の男に会う

プロレスの実況、短いニュースの読み、ワイドショー生CM読み。毎日が仕事の連続で、忙殺されていった。

不思議なことに、テレビにいるのに、他局のテレビを見ることが極端に少なくなった。入社して3年目、民放各局のアナウンサーが、局の垣根を越えて一種の演芸大会をやることになった。その役が、いちろうに回ってきた。

「先輩が、お前以外は暇なやついないんで、行ってこい。恥かくなよ」

いつもの嫌味なので、気にも留めず、聞き流した。それより、他局へ出演するという、初めての経験に胸が高鳴った。

市ヶ谷テレビに着くと、個室に案内された。ドアには、「六本木テレビ・いちろう様」と模造紙にマジックで名前が書いてある。なんだか急に有名人になったようで、テンションが上がった。

スタジオに入ると、中央に、横山やすし師匠。一気に怖気(おじけ)づく。追い討ちをかけるようにやすし師匠が、

「にいちゃん、なんかできんのんか?」

と凶悪で反社的な顔と声で尋ねてきた。

「実況できます。ラブホ連れ込み実況やります」

「おもろいやんけ。ウケんかったら、怒るでー」

と言いながら、目が笑っていなかった。

本番が始まって、他局の有名アナウンサーが、得意の歌を披露したり、売れっ子の女子アナが料理の腕を自慢したり、そこそこ盛り上がった。気がつくと、自分以外が有名人で、芸のレベルも高い。実体験に基づくラブホ連れ込み実況で大丈夫だろうか。不安が大きくなってきた。

そして、いよいよ自分の番になる。スイッチが入った。やぶれかぶれというか、開き直りというか、これがダメなら、どこかに逃げようくらいの気持ちだった。

渋谷円山町界隈は、**欲望の海**。**性欲の地獄篇**であります。
おーっと、ひと**組**の**男女**が、**淫欲**のダンジョンで**迷**っています。
その**男**がわたくしであります。
これは、**実際**に**起**きたことに**基**づいてお**届**けしています。
この**街路灯**すらも、まるで、スポットライトのように、
わたくしたちをあちらの**方向**に**誘**(いざな)おうとしております。

7色のネオンサインがまたたいている。
ネオンサインが、わたくしたちに来い来いと手招きしているかのようであります。
人類の三大欲望といえば、睡眠欲、食欲、性欲、
そのうちの性欲が股間方向、下半身から五臓六腑に逆流せんとしております。
性欲の逆流性食道炎か？　さあ、ここは一気に実力行使か？
腰に手を添えた。おっと払われた。
いやよいやよもいいのうち、でありましょうか？
アマレスでいうバックの体勢をとって、
これから男と女の永遠の闘い絵巻、ラブホテルの門の中に突入しました。
おーっと！　玉砂利が敷いてあります。打ち水がしてあります。
日本のわびさびか？　このぬめるような質感がわたくしを誘っていく……
しかし、突然身をひるがえす女の子。
この喋りに気味が悪くなったのか、
無言のうちに背中を見せながら遠ざかっていく。
なんという虚しさが充満しているのか？
わたくしの股間は砂漠化が進んで、著しい寂寥感が支配している。
それでは、ここ傷心の渋谷円山町から、ごきげんよう、さようなら！

スタジオは、爆笑に包まれた。恐ろしいやすし師匠が笑っている。なんと、アナウンサー対抗演芸大会で、いちろうは、優勝してしまったのだ。トロフィーを渡すやすし師匠は、

「にいちゃん、おもろいでほんま。どつきまわすデー」

と最大の賛辞。

収録が終わって、急に足が、ガクガクとした。ほとんどの人が撤収したスタジオにひとり残って余韻に浸っていた。

「よっ！　いちろう！　日本一」

大柄で、小太り、丸顔に、黒縁眼鏡、ニッコリした目元。その番組を担当していた放送作家、同い年の星山だった。

それが、星山との出会いだった。

「君、スゴいよ。プロレスだけじゃない。あらゆるものを実況できるよね。来週から、『笑っていいとも！』出ない？　オレの関係する番組、全部出てよー」

「いや、オレ、六本木テレビの局アナです」

「辞めちゃえば。プロレスはやってていいから、一緒に会社作ろうぜ」

何、出し抜けに……。

星山という男は変わっていた。初対面なのに、旧知の仲だと錯覚させる不思議な人たらしだった。ただ調子いいだけの男はテレビ業界には山ほどいるが、この男には、「誠実な

「調子良さ」とでもいうものがあった。

翌日、出勤状況や取材先を表示する黒板の、いちろうの木札が見えなくなっていた。スゴい数の短冊状の紙がベタベタと黒板に貼られ、仙台の七夕祭りのように房状になり、名札が反り返っている。いちろうは、なぜか南京玉すだれを思い出した。

これは、「星山という人からの電話あり」の連絡用のメモ用紙の房だった。その数38枚。半日の間に、38回も電話をかけてきた。恐るべき男。いちろうは、面白半分、怖さ半分で、星山の「今ここにいる」の店の番号に電話した。

「そちらのお客さんで、星山さん、お願いできますか？」

「星山です。あ、いちろう、かえってごめんね」

かえってごめんね、は星山の口癖にして、先回り謝罪だった。

「今、新宿なんだけど飲みに来ない？」

「今日はちょっと……」

「じゃ、30分後」

「いや……」

「1時間後」

「実は……」

「1時間30分後」

星山はピラニアのように、咥(くわ)えたら離さない。

「わかりました、行きます」


「いちろう、クールダウンが必要だよ」

星山が常連の新宿のクラブへ。固太りで大柄な体をソファにどかっと置く。

「いちろう、悩みがあるんだけど……。この店のナンバーワンとナンバーツーがオレを取り合ってるみたいなんだ。オレってワル？」

「オレってワル？」も星山の口癖で、ワルというより、人懐っこいゆるキャラが星山の見た目なので、すべてが笑いになるほど、憎めないのだ。オレにこのキャラがあったらいいのにと、いちろうは、心底思った。

だが、その割に、いつまで待ってもナンバーワンもナンバーツーも席につかない。女の子もつかず、黒服に水割りを作ってもらった。

「星山、どういうこと？　女の子が誰もついてくれないじゃない」

「いちろう、ほら、あれがナンバーワン。あっちがナンバーツー。オレをめぐってお互い牽制(けんせい)し合ってるんだと思う。いつも板挟みなんだよ。どうしたらいい？」

「いや、どうでもいい」

星山は、毎朝2時間の情報番組やビートたけしが司会の討論番組はじめ、週に10本以上のレギュラー番組にかかわっていた。テレビ局での番組会議が連日入っている。当然ぶつかっていて、ダブルブッキング、トリプルブッキングは、当たり前。手帳を置いてトイレに行ったふりして別の局の会議に出かけちゃうのは「手帳ふけ」というが、星山は、市ヶ谷テレビに手帳を置いて「手帳ふけ」、赤坂放送にカバンを置いて「カバンふけ」、六本木テレビに上着を置いて「上着ふけ」、虎ノ門テレビにズボンを置いて「ズボンふけ」で、パンツ姿で帰ったという伝説がある。

結局、水割りだけ作る無愛想な女の子がついたのだ。そして、星山のテレビ論が始まった。

「どのテレビ見てもおんなじなんだよ。司会がいて、女性アシスタント。どの局も同じような映像と同じようなゲスト。無難なことしかしないんだよね」

「それで、回ってるならいいんじゃないの？　オレはスポーツ実況アナだから、バラエティは憧れはあるけど、よくわかんない」

「いや、絶対飽きられる。例えば、女性の司会に、女性のアシスタント。何を言うかわからない2丁目のゲイバーのママ10人のゲストとか。もっと攻めないと」

「面白いけど、オレはだから、バラエティは……」

「いちろう、めっちゃめちゃの実況やってプロレス中継ぶっ壊しているやつが、何言ってんだよ。オレなら、プロレス中継にカメラ20台使うね。天井、コーナーポストの上、なんとかマットにカメラを埋め込む。見たことのない映像に、いちろうの実況だ。テレビを、変えないとダメだよ」

「星山、イカれてて、面白いね。オレも、イカれてて面白いって言ってくれる人がいるもん。オレもなんだかテレビをイカれさせたくなってきたな」

「ふたりで、テレビぶっ壊そうぜ」

「その前に星山、ナンバーワンとナンバーツーのどっちか呼んでよ」

星山は、顔が広い。いや、だだっ広い。芸能界はもとより、スポーツ界、文化人……とその守備範囲は、驚くべきものだった。いちろうも、星山の紹介で、他局のプロデューサー、ディレクター、映画俳優、タレント、歌手と、いわゆるギョーカイ関係者から、新聞、雑誌関係者など多種多様な人物たちと知り合うようになった。いちろうの人脈は、倍々ゲームで増えていった。

年のうち200日は、星山から誘いの電話がある。いちろうも忙しいし、星山も忙しいのに、週に一度は会うようになった。そして星山をすごく頼りにし、スポーツ実況以外に喋りのジャンルを拡張して世に出たい欲求がいや増してきた。

ある日、寿司屋で待ち合わせをした。いつも通り、星山は、忙しすぎてなかなか来ない。カウンターには、いちろうを含め3人の客が、ぽつんぽつんと座って、注文せずに、飲み物だけ頼んでいる。みんな待ち合わせの風情。ふたりには、見覚えがあった。ひとりは、美人で背が高くて有名なバレーボール選手、大森智子。もうひとりは、テレビで引っ張りだこの新進女優の宮沢今日子。星山は、この女優のひとり芝居の脚本を書いている、と言っていたのをいちろうは思い出した。

30分遅れて、星山が現れた。

「遅いよ、星山ちゃん！」

バレーボール選手と女優がなんと、声をそろえたのだ。

「えっ？」と、ひるんだが、

「遅いよ、星山！」

ちょっと、遅れて、いちろうも言ってみる。

これが、星山の大技、トリプルブッキングだ。

「なんなの、星山ちゃん？」

「どういうこと、星山ちゃん？」

「星山、みんなと約束したわけ？」

星山が、こちらが、こちらで、こちらが、こちらと紹介した。

女優の宮沢今日子が、「舞台の詰めの打ち合わせするって言ったじゃない」と、キレ気味ながらも、ちょっと笑いながらツッコむ。

バレーボール選手の大森智子も冷静ながら、

「今度、ゲストに出る番組の打ち合わせをするって言ったよね」

星山は、追い詰められて、

「いや、かえってごめんね。そうじゃなくて、強い女性がふたり並んでお寿司を食べるところを見たかったんだ」

それを聞いたいちろうが帰ろうとすると、

「それを、いちろうに実況してほしかったんだよ。かえってごめんね。オレってワル？」

その後、星山を除く3人は、被害者同盟の連体感から、それぞれお互いをいたわるような会話を続けていった。支払いは、星山だ。

なんだかんだで、サトさんの舎弟になる

高校生の時に、自分は喋れるという確信を持ったいちろうだったが、その後も普段の喋りの中で極度のあがり症から出る吃音に悩んでいた。それでも、高校時代の実況で、背中が痺れる体験をした記憶を心の支えとして、プロレスのアナウンサーを目指していた。

大学時代、毎日、池袋西口の居酒屋でアルバイトに励んでいたが、今ひとつ自分に自信が持てない。ただ、大学の校内でやった学生プロレスの実況中継は、誰もが称賛した。その称賛は、自分自身をそれまでまったく知らない世界へ連れて行ってくれた。

店が閉まる22時前、サトさんはふらりと現れた。

池袋西口駅前にはいくつかの顔があった。キャバクラと風俗のアミューズメント・パーク。ファッションマッサージ「素股おいなり」、おっぱいパブ「パイパニック」……。ビルの中に欲望があるのではなく、欲望そのものが、ビルの形となって駅前の一角の風景を作っていた。

そんな景色の中にこの小さな居酒屋は、溶け込んでいた。

「学生さん、もう客は来ねえだろう。つまんねえおっさんに付き合ってくんねえかな」

イカつい顔に、優しそうな目。警戒しつつも惹かれる雰囲気。いちろうは、その人の席に、おそるおそる着いた。

「じ、自分は、緊張しいで、しょ、初対面の人には、う、うまく喋れないんです」

コップにビールを注いでもらい、促されて一気に飲んだ。

「占い師じゃねえけど、人が悩んでるのが、見えちゃうんだ。特に自分で自分を責めているやつの心が見えちゃうんだ」

「自分で自分を責める?」

「自分には才能がないとか、自分に自信が持てないとか、そういうことで、自分を責める、そういうのがね」

「あ、心当たりがあります。じ、自分はプロレスの実況アナウンサーになりたいんですが、しょ、初対面の人にもうまく喋れない。ぜ、絶対無理だと思うんですよね」

「そりゃそうだわな。でもなりたいんだろう。諦めちゃうの」

「わ、わからないんです。ふ、普段は喋るのが苦手なんですが、実況でまくり出すと、なぜか一応、流暢には喋れちゃうんです」

「じゃあ何かやって見せてよ。例えば、この街の実況とか」

「はい、では……」

今、この辺りを実況描写しろとおおせつかりましたので、
わたくしは今、喋り始めたのでありますが、
池袋の地下街を歩いて、まるで池田屋階段落ちが展開されそうな
池袋西口ロータリーにつながる大きな階段が見えてまいりました。
右手は多くの人々でにぎわっている旧東武のホープセンターであります。
池袋東口にあるのに西武、
そして、この西口にあるのに東武というややこしい、
デパートの腸捻転状態になっております。
階段が目の前に迫ってまいりましたが、
左からホームレスの人がおひとり、やってまいりました。
池袋の西口名物的存在、ワカメじじいの登場であります。

髪の毛がちぢれて、洗ってないから、束になって、
レゲエのアーティストか、はたまた理研のワカメちゃん状態だ。
この方は、距離にして5メートルを3分ほどかけてゆっくりと進むという
駅地下の行軍であります。
ワカメじじいと交叉しながら、
今、階段を1歩、2歩、3歩と上がり始めました。
わたくしは今、人生のきざはしを上がっているところでありましょうか。
普段は喋りだと、吃音状態が悩みの種でありますが、
しかし、実況レポートというふうに脳内を固めますと、
喋りが面白い、面白くないにかかわらず出てくるのであります。
ようやく、わたくしの心肺機能をフルに使いまして、
池袋の西口のロータリーの地上にやってまいりました。
右手方面に行きますと、池袋のロサ会館、
ここは、東京城北地区の一大レジャー施設。
ピンク映画、国内外の映画の3本立て、
ボウリング場、パチンコ屋といった遊興のテーマパークが控えております。
さらに、旧三業地と続いています。

かつて、芸者屋、待合、料理屋といった
三業を特に許可されているエリアを三業地と言いました。
左手に、大きくそびえ立っているのがマルイであります。
左手には大きな公園、ホームレスがたむろっているという、
そんな界隈を過ぎまして、
立教通り方面に左手にマルイを見ながら進んで行くわけであります。
このあたりは猥雑の極みであります。
西口ロータリーから正面まっすぐ、環状6号線に向かいますと
要町1丁目、2丁目辺りが開けております。
ここは、1日に1回はなんらかの事件がないほうがおかしいというような、
物騒な人たちが潜伏する時代もあったやに聞いております。
その向こうに千早町も見えております。
この辺りは、かつて大正時代あたりからは、
家賃が安かったせいか、若い詩人、売れない画家、懊悩（おうのう）する小説家といった
芸術家たちが移り住み、あのパリの一界隈にちなみ、
池袋モンパルナスなどと呼ばれ、しかし、さらにさかのぼれば、
なかなかロマンティックな町並みの時代がありました。

立教がこの池袋に移って来て、かなりの**年月**がたっておりますが、
かつて、ウィリアムズ**宣教師**が**布教活動**で**築地**にやってきて
立教学院を**作**りましたが、
築地が**手狭**になったために、**当時**、**田舎**の**池袋**に**引**っ**越**してまいりまして、
それなりの**敷地**を**要**して**大学運営**が**始**まったのでありますが、しかし、そ……。

「スゴい才能だな。驚いた。占い師じゃないけど、オレの目の前にいるのは、将来の名アナウンサーだ。今度の日曜日、時間あるか？　秋葉原に行こう」

「あ、秋葉原ですか？」

「そう、秋葉原。ところで学生さん、名前は？」

「いちろうです」

サトさんは、大手デパートの営業マンをしている時、ある出版プロダクションに誘われ、転職。出版界、テレビ業界、芸能界など、いわゆる〝ギョーカイ〟を熟知した人だった。そんな人に褒(ほ)められ、いちろうは、少しだけ自信をもらった。

サトさんといちろうは、約束した日に、アキハバラデパートに出かけた。

当時の秋葉原は、電気街や機械工具街はあっても、間違ってもメイドカフェやアイドルの殿堂などはカケラも存在しなかった。万世橋からみる神田川は、汚れに汚れ、晴れた日

でも雨曇りのような川面を見せては、ヘドロからメタンガスを出していた。

アキハバラデパートの裏には、お祭りのような屋台が立ち並んでいた。切れ味を見せながら、口上を言う包丁売り、中身の由来を言いながら、その場で調合する七色唐辛子売り、どこでどうやって汚したのかわからないくらいに汚れたフライパンを、あっという間にキレイにする洗剤の実演販売。そこらじゅうから物売りの声がして、大道芸最後の砦のようなエリアだった。

さすがに、バナナの叩き売りやガマの油売りはいない。否、サトさんに案内された先には……いた。バナナの叩き売りだ。

小学校の時、何かの縁日で見たような気がしたが。その前で、サトさんが足を止めた。いちろうも足を止めた。

ふたりを前に、口上が始まった。


さあ、バナナの叩き売りだ。ね、バンバン売っちゃうから今日は。

あ、もっと前のほうへ前のほうへ、後ろのほうの方、交通の妨害になる。

このバナナの叩き売りってのは、明治36年から東京で始まったこと知ってるか？

え、最初は九州の門司（もじ）が本家だ。その当時は歌を歌いながらやってたんだぞ。

♪この子の生まれは台湾で、親子もろとももぎ取られ、
国定忠次じゃないけれど、駕籠に揺られて船に乗り、
金波銀波の波越えて、ついた所が門司港。
さあ、売っちゃ売っちゃ売っちゃ。

なんてんで唄いながら昔やってたやつが、
節句がとれてだんだんとこっちへ来るってえと威勢よくなってきてね。
関東のバナナは啖呵売!!

よく通る太い声。愛嬌のある節回しで、流れるような口上が、客の足を止める。

さあ、前の人ダメだほら、見てるだけじゃ、ダメだよオレの顔見たって。
ね、バナナの味が変わっちゃうぞ。ほら！
ぼうず、1本食うか？　よし!!
後ろのオマエの母ちゃん喜んでるよ。
オマエがおいしいっていやー、母ちゃん、財布の紐、ゆるめるってもんだ。
これが一名、沢市バナナ。ツヤがある。1本やるよほら。

なんだよ、バナナ食ったことねえ大人が一番先に手ぇ出しやがる。
バナナ屋は口が悪いが勘弁しろよ。気はいいから安心しろよ。
バナナも規格が決まったんだ。
太さはピースの箱を丸めたくらい、長さは物差し持ってきて測ってもダメだぞ。
長さはひと握りふた握り茶掴(ちゃづか)みって。

客いじりになると、グッとくだける。ちなみに、茶掴みとは、お茶をつかむくらいの小ささ、日本人男性の平均なアソコの大きさというか、小ささ。下ネタだ。でも、カラッとした下ネタ。道端から生まれた芸の真骨頂。

え、笑ったな。笑ったやつはみんな経験者だ。
心配ないよ、どうだよバナナの太さ、長さ、そり具合っての。
ニッコリ笑ってるよ、あの奥さん、一番先買う人はあんただな。
よし、さあ、まけちゃおうじゃないか、数はずいぶんあるよ。
ね、皆さん方の目の前で勘定してみるから、本数。
1、2、3、4、5、6、7、8、9、と。
裏はひっくり返す。

11、12、13、14、15、16、17、18。18なんて数はいいね。
8は広がるというから。何？

よし、オレも東大出だからうまく喋れる。
東大ったって大学じゃねえ、オレは、東京大工組合。略して東大。
心配すんなよ。頭がいいんだから。
よその国へ行くってーと勘定の仕方が違うよ。
まず、英語でやってやら、ワンツースリーフォー……。
ワンツースリーフォー……ごーろくしちはち……。
国が違うと勘定の仕方が違うね。隣の国行くってーと、
ハナトゥルセッネッタソッヨソッ……。
もっと大きな国行くってーと、
イーアルサンスーウーリウチーバージウシーって、
裏はひっくり返すと、ドラがここにあらぁ。
今笑った人、麻雀ばっかりやってんだろ？
ダメだぞ！　バナナ食わなかったら長生きしねえぞ！
カロリーはたくさんある、これはね。

さあ、これだけのバナナ、買ってくれた人、
もうひとつ、まけてやらぁ。
えぇ？　おまけがひとつ。一は、万物の始まり。
国の始まりが大和国。島の始まりが淡路島。
泥棒の始まりが石川五右衛門。博打の始まりが熊坂長範（くまさかちょうはん）。
よし、あんまり気に入らねえ顔してるから、もうひとつ、まけてやらぁ。
バナナがふた房。二は憎まれっ子世にはびこる、
仁木弾正（にっきだんじょう）悪いやつ、日光けっこー東照宮。
これでもダメか？　じゃあ、おまけは３つ、
三十三は女の大厄、産で死んだが三島のおせん。
三三六法（さんさんろっぽ）引くべからず、これを引くのは男の度胸。
女が愛嬌で、坊主がお経。
西に西京、東が東京ってのはどうだい。
え？　これでもダメ？　よぉし、もうひとつ、まけてやら。
おまけが４つ。四という数は、縁起が悪いから、
もうひとつまけて、おまけが５つ。五という数はいいね。

後藤又兵衛、槍で稼いで5万石。
5万石でも岡崎様は城の下まで船がつく。
城は城でも、名古屋の城は金のしゃちほこ雨ざらし。
全部まとめてーー！
こんなに買うやつはいねーや。

啖呵売の真髄。フーテンの寅さんでも有名な、故事やら、歌舞伎やら、俗謡やらをちりばめた名フレーズが飛び出す。要所でフレーズをかます。いちろうの頭の中にカチリとハマった。

早い者勝ちだ。買ったの声で売っちゃうぞ？
はい、じゃ、ひとつずつやろうじゃないかな？
こんなに5つも持ってったって、持ってき場所がねえだろ。
さあ、ひとつ、まけてやら、これ大きいやつから。
ね？　お店で買って1300円。　そうはもらわないよ？
どうでもいいハンパを取ろう。
はい、1200円、1100円、1000両ならどうだ！

まだダメか。よぉし、900円、800円、700円、
なんだ、だんだんシーンとしてきやがったね。
え何？　あと7回叩きゃただになる？
冗談じゃないよ、叩くたんびに100円ずつ安くしてんじゃないぞ。
ひとりだけだ、早い者勝ち、持ってけほら！
はい500円だ。はい、ありがとうね、
やっぱり買うと思ってたよ奥さん、やっぱりそうだろ子どものお土産？
何、自分が食べる？
ダメだよ。旦那とふたりで食べたんじゃ。
ね、どっちが大きいか小さいかなんて喧嘩しちゃダメだよ。
夫婦喧嘩の元になるよ？
さあ、これ行こう。今買ってくれた奥さん。
今日はね、錦紗(きんしゃ)の風呂敷サービスしてやら。
錦紗の風呂敷もちょっと違うよ、今日は。
活字が書いてあるけど、勘弁しろよ？
何？　新聞紙？　当たり前だよ。
さあ、これくるんでやるから持ってきな。

今買った人、怒っちゃいけないよ。

もっと安く売っちゃうから！


錦紗とは、光沢のある絹織物。バナナを包むはずもない。客を客とも思わない。商売なのに、ちょいワル態度を崩さない。それでいて、嫌な気にさせない自在な話芸に引き込まれた。その後、今までの駆け引きがなんなんだというディスカウントの始まり！　つまり、これこそ叩き売り。


「なんだ、サトさん、目の前にいるとやりづらいよ」

「いちろう、この方は坂野比呂志さん、芸術祭賞をとった、日本一の大道芸伝承者。啖呵売のプロだよ」

「サトさん、恥ずかしいよ。日本一じゃなくて、日本でひとりの啖呵売研究家かな。お若いの、お退屈様」

「いえ、聴き惚れてました。まさに、歌うは語れ、語るは歌えですね。これからもよろしくお願いします」

「若い人にウケると自信になるよ。ありがとね。じゃ、仕事に戻るわ」

坂野さんは、軽く会釈すると去って行った。坂野さんは、いろいろな自治体や商店会に呼ばれて、今では目にしなくなった、バナナの叩き売りをはじめとする啖呵売を披露していた。この日、アキハバラデパートに来ることを、サトさんは知っていたのだ。

「実物見てもらいたくてな。他にはもういない人だ。お前の実況聴いてたら、坂野さん思い出した。アナウンサーがダメだったら、坂野さんの弟子になって、啖呵売やれよ」

「マジっすか」

「じょーだん、だよ」

「実況だけじゃなくて、歌うように語る、という世界が、他にもいろいろあったんですね」

「坂野さんの受け売りだが、啖呵売は、『この商品を売りたい』という熱意を前面に出しすぎてしまうと、うまくいかないそうだ。『売りたい』という情熱を持ちながらも、一度、引いて見るもうひとつの目が必要なんだ。もうひとりの自分が、啖呵売をやっている自分を頭を冷やして見つめる。そうやって間を作って、お客さんとの駆け引きをしたり、お客さんを喜ばせるやりとりができる。それが結果的に商売にうまくつながるんだ」

サトさんの言葉は、いちろうには腑に落ちるところがあった。

極度にあがり症のいちろうだが、言葉が詰まらないでよどみなく出てくるのは、実況をする時と、歌を歌う時、それからひとり言を言っている時だ。どれも、もうひとりの自分が別な目で自分を見ている時なのかもしれない。実況しか知らない世間知らずのオレだったが、他にも歌うように語る世界があったんだ。

あがり症の悩みに直接ああだこうだと言葉でアドバイスするのではなく、スゴい話芸を見せて、感動させてくれた。伝えたいことを情熱を持って伝える。その上で、それを一歩引いて、もうひとつの目で自分を見つめてみることで、もしかしたら、自然に吃音も消えていくかもしれない。そんな予感がした。

なんという体験をさせてくれたのかと、いちろうの心に、サトさんへの感謝の思いがあふれた。

いろいろあって、越乃寒梅を6本かつぐ

いちろうには、実は舟越さん、戸田さん以外にもうひとり師匠がいた。

第3の師匠、みのもんたさんのいつもの決め台詞だった。

「オレの生き様を見とけよ！」

中学生の頃、『セイ！ヤング』を聴いて、みのさんに憧れたいちろうだったが、たまたま入学した高校が、みのさんの出身校だったのだ。高校、大学ともに先輩、後輩の関係。

いちろうはその頃、六本木テレビの局アナの新人駆け出しの身でありながら、時間があった時は必ず、みのさんのカバン持ちをやっていた。

銀座のクラブに出撃する時などに、

「いちろう、オレのバッグ持ってくれる？」

一も二もなく、嬉々として、カバン持ちをしていた。

ある時、銀座でまた呼ばれて、みのさんのお供をしていた時に、

「明日、僕、新潟の長岡でのプロレスの実況中継で、出張に行くんです」

と言うと、

「あっ、新潟行くの？　いちろう。あ、そう。越乃寒梅っていう日本酒が流行ってるよね、新潟のね。なかなか東京で手に入らない、赤坂辺りでもね。もしあったら買ってきて」

と頼まれた。

「はいっ、もしあったら必ず買ってきます」

とふたつ返事。そうは言っても、新潟でその頃から〝幻の名酒〟と言われ始めた越乃寒梅が、本当に手に入るのだろうか。長岡の地元のお酒じゃないわけだし。それでも、みのさんを喜ばせたい。

長岡の駅で降りて、ビジネスホテルに入る。「さぁ、中継だ」って緊張している時に、ちょっと1時間ぐらいの空き時間があった。ビジネスホテルから外に出て、最寄りの酒屋さんを探しに出かけた。

ビジネスホテルから往来に出た瞬間、いちろうは「おおっ！」と声を上げた。いきなり隣に、デッカイ間口の酒屋さんがあったのだ。越乃寒梅があるかどうかはわからないが、

ラッキーはラッキーだと思いながら入って行くと、そのお店は、閑散としていた。まったく、誰もいない。奥のほうにかすかに人の気配がする。小売店と思ったのは、実は大きな酒問屋さんだった。お酒がいっぱい並んでいた。

「すみません！　すみません！」

ちょっと声を大きくすると、奥から60がらみの女性がスーッと出てきた。小売店ではないから、「いらっしゃいませ」とは言わない。

「あ、何か？」って言われた。

「すみません……越乃寒梅はない……ですよね？」

言ったら、「あら」と一言。

「あなた運がいいわね。長岡で越乃寒梅を扱っているの、ウチだけよ」

大当たりだった。

「何本持っていくの？」

と聞かれて、答えに詰まったが、たぶん、「越乃寒梅はないですよね？」という、謙虚な雰囲気を出したのがよかったのかもしれないと、いちろうは心の中で、してやったりと思った。

「何本持っていく？」って、さてどう答えたものか。ここは、舌切り雀の大きなつづらと小さなつづらじゃないけれど、ダメもとで「6本」と言ってしまった。

6本は、ちょっと欲深かったかなと思っていると、

「6本？　わかった。じゃあ6本、あなたに分けてあげる。その代わりどうするの？」

どうするの？　の意味は、すぐわかった。

「どうするの？　どうやって持って帰るの？」

6本分、持っていくのに、どうしていいのかわからなかった。スポーツアナウンサー徒弟制度の時代だったから、先輩の荷物を持たされている身だ。先輩のバッグを持たされて、自分のバッグを持って。もう手が塞がっているというのに、6本分、東京までどうやって持ち帰るのか。宅配便なんて制度は、どこの星のシステムですか？　の時代。

「どうしましょうかね……」

と途方に暮れていると。

「ああ、わかった。じゃあ、あれ、特別にあなたにあげる」

と言って、おかみさんは、また奥に入って行った。戻ってきたら、白木の大きな背負子(しょいこ)を手に持っている。

縦・横・斜めに紐を巡らせた背負子。荒縄がグーッと2本通り、綺麗な放物線を描いている。それを、行商の人たちがやっているように、ガーッと背中に背負って、そこに上段2本、中段2本、下段2本、合計6本の幻の日本酒を押し込んだ。背負子は、3段の階段のような構造だった。しかも、中が丸く切ってあって、一升瓶が配達する時に割れないよ

うに工夫がこらされている。

紙の包装箱を取って、むき出しになった裸の越乃寒梅を6本、グッと荒縄でくくりつけられた背負子で背負って東京まで帰る。左手に先輩の荷物、右手に自分のバッグを持って、階段を上り下りして、上越新幹線もない時代、新潟から東京に戻ってきた。これではまるで、背中に薪(まき)の代わりに酒をしょって歩く二宮尊徳だ。手に持っているのは本ではなくて、先輩の荷物と自分の荷物。ある意味、二宮尊徳より苦行だ。

東京に着くとその足で、みのさんに会いに、四谷放送に向かった。

背負子姿のいちろうを見ると、一年中日に焼けた顔から、白い歯を見せて、

「6本？　嬉しいね、いちろう。銀座行こう。越乃寒梅のお礼に、オレの『七色の喋り』を教えてやろう」

思えば、みのもんたさんとの直接の出会いは、いちろうが高校生の時にさかのぼる。

みのさんと同じ学校の高校生になれたいちろうは、アナウンサーになりたいことをみのさんに告げたいと真剣に思い、人気だった「モップス」というバンドのライブに行った。

みのさんは、そのライブの司会だった。モップスにはまったく興味がなかったいちろうは、ライブが終わった後、みのさんのサイン会の行列に並んだ。自分の順番が来た時に、

ドキドキしながら、「お、同じ立教高校の10年後輩です。み、みのさんのような、ア、アナウンサーになりたいんです」と、サイン帳を出しながら、思い切って叫んだ。

　みのさんは、

「なれるよ。頑張れば、なれるに決まってるよ！」

　と立ち上がって、いちろうの肩をつかみ、そう言った。そして感激したいちろうが次の言葉を発する間もなく「はい、次の方！」と、また座ってサインを続けた。

　たぶん、サイン会の時の、「なれるに決まってる」という発言は、若者の夢を壊さない、そしてみのさんの持って生まれたサービス精神から出た言葉だったのだろう。いちろうは、その言葉を御守りにして、どうにかアナウンサーになることができた。これも、人生の予告編だったのか。言霊はある、と信じた。

　アナウンサーに内定した頃に、偶然にも、みのさんに会うチャンスができた。チャンスは、大学最後の卒業旅行から生まれた。この頃の大学生の間では、卒業が決まった春休みに、卒業旅行と称して海外旅行をすることが流行り始めていた。いちろうは、卒業旅行の行き先としてヨーロッパを選んだ。旅行会社を通して飛行機と宿だけ予約したら、あとは自由行動でひとり旅という名目だが、同じコースをひとり旅する人たちが25人。なんのことはない、ひとり旅という名のパックツアーなのだった。

　ロンドン↓パリ↓マドリッド↓チューリヒ↓ジュネーブ↓フランクフルトと、5ヶ国6

都市を巡る能天気な3週間の旅に出た。

2番目に訪れたパリで、いちろうは日本人観光客をカモるデューティーフリーショップで土産物を買いあさっていた。店で働いていた日本人のお姉さんが近寄ってきて、「ずいぶんたくさん買うのね。あなたは大学生？」と話しかけてきた。いちろうは、ちょっと色っぽいそのお姉さんに、自慢げに語り始めた。

「東京のテレビ局のアナウンサーに内定してるんです。これから頑張ろうと思っています」

「あら、あなた、東京でアナウンサーになるの？　そのテレビ局は、四谷放送っていうラジオ局とは関係ないの？」とお姉さんは突然聞いてきた。

「あります」

即座にいちろうは答えた。ウソではなかった。弱い系列だが、つながりはあったのだ。齢30歳くらいのこの色っぽいお姉さんは、もしかしたら四谷放送で人気ナンバーワンのみのもんたさんと会うルートを切り拓いてくれる天使かもしれない。咄嗟に直感でそう思ったのだ。お姉さんは言った。

「サンレモ音楽祭で私がコーディネーターをした時に、とってもお世話になった四谷放送の高山さんっていうプロデューサーがいるのよ。あなた、高山さんにお土産持っていってくれない？」

みのさんに会える、と思ったいちろうは、ふたつ返事で、「はい！」と答えた。お姉さんは、小さめの段ボール1箱のお土産を用意して、「ちょっと荷物になるけど、よろしくね」と、いちろうに渡した。

それから2週間あまりの間、いちろうは、自分のスーツケースと段ボールを持って、マドリッド、チューリヒ、ジュネーブ、フランクフルトを渡り歩き、やっとの思いで日本に帰国した。みのさんのためには、いつも重い荷物を運ぶ運命にあるいちろうだった。もちろん、のちの越乃寒梅を予知する能力はなかったのだが。

なかなかつかまらない高山プロデューサーを、何度目かの電話でやっとつかまえて、段ボールを四谷放送まで運ぶ約束を取りつけた。

「実は、私は六本木テレビのアナウンサーに内定したんです。みのさんの高校・大学の後輩です。みのさんに憧れて、アナウンサーになりました。荷物をお届けする時に、みのさんに、会わせていただけないでしょうか?」と本題に入った。

「ああ、いいよ、いいよ。みのに会わせてあげるよ」

と、高山プロデューサーは、ふたつ返事で約束してくれた。

高山プロデューサーに指定された四谷放送の近くの喫茶店に段ボールを運び込んで、高山プロデューサーと待ち合わせた。現れた高山さんは、「君か。ありがとうな、大変だったなー」と言って、注文したコーヒーもほとんど飲まず、レシートをつかんで「それじゃ」と荷物を持って、店を出て行こうとした。

いちろうは慌てて、高山の後ろ姿に呼びかけた。

「あのー、す、すみません、み、みのさんは……！」

「え？　何？　みの？　……あー、そうだったね」

高山さんは、いちろうの頼みをすっかり忘れていたようだった。あわてて喫茶店内のピンク電話から、会社に電話を入れた。

「みのちゃん、悪いんだけどさ。今、六本木テレビのアナウンサー試験に受かった太ったお兄ちゃんが来ていてさ、どうしてもみのちゃんに会いたいっていうんだよー。高校の後輩で、みのちゃんに憧れてアナウンサーになったんだっていうから、ちょっと顔出してくんねえかな、頼むよー。ちょっとでいいからさ……」

説得している電話の声が、いちろうにも聞こえてきた。

「みのが、来るって！」。電話を切った高山プロデューサーは、自分でも驚いたように、いちろうに告げた。「ありがとうございます！」

高山さんが去ってから待つこと15分。喫茶店のドアが開くと同時に、ドアにくくりつけられた客の入店を告げる鈴の音が、カラコロカランと鳴った。籐で編んだアーチ型の衝立越しに、聞き覚えのある声が聞こえてきた。

「ママ、サイコーだよ！」

何やら、喫茶店のママと話をしている。それからさらに待つこと90秒、やっと、みのさ

んが、いちろうの待つテーブルに姿を現した。いちろうの顔を見て、開口一番、

「どうしたの、キミ？　キミかぁ、アナウンサーになったって。サイコーだね！」

真っ赤なカシミヤのタートルネックに、ウールで金の6つボタンのダブルスレッドのジャケット。ツイードのフレアパンツに、ミドルサイズの黒いブーツ。口にはパイプを咥えていた。その出で立ちにはアナウンサーの雰囲気はかけらもない、完全に芸能人だった。

「と、とにかく、みのさんに会いたくて、高山さんの荷物をヨーロッパから運んできたんです！」

「そうなんだ！　サイコーだね！」

まったくいちろうの話を聞いていないようだった。座ってほんの数分で席を立ったみのは、別れ際に、こう言った。

「お前、オレのこと好きで、10チャンネルのアナウンサーになったんだってね。オレ、ラジオ、月金でやってるんだよ」

「知ってます。しょっちゅう聴いています」

「遊びに来いよ、勉強のために。いちろうくんって言うの？　な、待ってるから。ここに電話しろよ」

と、直通電話の番号が書いてある名刺をくれた。天にも昇るような気持ちだった。それから3ヶ月、毎日のように、教えてもらった直通番号に電話する。だが、みのさん本人は

一度も電話に出てくれない。痺れを切らして、アポなしでみのさんが本番放送中のスタジオに押しかけた。

「君は誰？」とディレクターに聞かれて、

「六本木テレビのいちろうと申します。みのさんの高校・大学の後輩で、遊びに来ていいよ、と言われて来ました」

「ああ、そう」と、怪訝（けげん）そうな顔をされながらも、ディレクターが出してくれた椅子に座り、番組が終わるまで待つ。「アポイントはあるの？」とも聞かれない。すべてはいい加減な時代だ。

　何時間も待ち、トイレから戻ってくるみのさんに、やっと話しかけることができた。

「みのさん、覚えていないですよね……」

「誰？　何？」と、みのさん。もちろん、覚えてなんかいない。

「こないだお会いした、六本木テレビのアナウンサーになったいちろうです」

「おおっ！　……待ってたよ、お前」

　全然、待っていない。それでも、いちろうにとっては感激の再会だった。それからいちろうは、時折四谷放送に通うようになり、その後、みのさんの番組が終わった後、アルバイトでイベント司会をする際のカバン持ちをするようになっていったというわけだ。

いちろうとみのさんは、いつもの銀座のクラブへ。背負子に6本の越乃寒梅。空いている手に、みのさんのカバン、という姿で店に入った。

「お嬢さん方、好きなもの飲んで。いちろうは、新潟から日本酒6本かついできたから、みんなでねぎらってあげてね。アタシのことは、ほっといて。なんて、ウソだよー。主役は、アタシ。どんなおべんちゃらでも、オッケー。すべていいことは受け入れる。やなことはなんでも排除。アタシは、そういうスタイル」

いちろうが惹かれていく喋りはすべて、香具師の喋りだった。

みのさんは、今夜も絶好調。朝から晩まで喋り続けても、疲れることを知らない。いちろうは、喋りの天才とこうして過ごせるのをありがたい、と心から思った。いつものようにベロベロになったみのさんを、タクシーまで運ぶ。背中に背負子の6本の酒。左手にみのさんのカバン。右手で、酔っ払っているみのさんを支える。タクシーに乗る寸前、

「いちろう、家まで送って行って」

珍しく、いちろうを誘った。

「もちろん、ご一緒します」

と、みのさんの後にいちろうは、タクシーに乗り込んだ。道中、みのさんは、うつらうつらしていた。いちろうも眠気に誘われた。すると突然、みのさんがいきなり目をぱっち

りと開けた。

「お前、プロレスの実況始めた途端、バーンと爆発したね。機関銃みたいに出る言葉の豊富さは、オレでもマネできないよ。ただ、お前、そこだけで終わりたくないんだろ？」

「はい、みのさんみたいに、ラジオのパーソナリティとか、テレビの司会とかもやりたいです。みのさんは、ナレーションのアドリブもスゴいし。何ひとつマネできないですよ」

「そうだろうな。でも、可能性はある」

「どうすればいいんですか？」

「七色の喋りを覚えればいいのよ」

「そんな、秘伝あるんですか？」

「ある。七色の喋りなんて、本当はないけど、その場、その場で喋りを変えられる方法はあるんだよ」

「なんですか、それ、教えてください」

「越乃寒梅6本だから、教えるしかないな。すべてのことを面白がるんだ。オレは自分の人生、面白くてしょうがない。やってる仕事も面白くてしょうがない。例えば、新聞のベタ記事を読むのも面白い。そうやって、面白がってると、面白いことが向こうからやってくる。いちろう、プロレス以外にも、この世には、面白いことがいっぱいだ。お前も、面白がれ。これが七色の喋りの秘密だな」

プロレスは、心から楽しんでやれるようになった。ただ、他の仕事は、いっぱいいっぱいで、こなしているだけだ。やっぱり、みのさんは、ただものじゃない。

「僕も楽しんで仕事ができるようになるんでしょうか？」

隣の座席のみのさんは、寝息を立てていた。

しかしながら、四次元から来た男を過激に実況

ひとりの男がプロレスを変えた。そして、いちろうの実況も変えた。

１９８１年４月、バブル到来よりずっと前、バブルのきらびやかさ、先取りのような蔵前国技館で、タイガーマスクがデビューした。

虎のマスクをしたレスラーが、演舞のように、エプロンからパーンと登って、トップロープにひらりと、止まり木に小鳥が止まるように立ち、マントを翻（ひるがえ）して、ストーンとマット上に降りてくる。メキシコのマスクマンたちもできない、アクロバティックな空中殺法。

もともと、漫画のヒーローをモチーフにしたキャラクターだったが、このレスラーの中身は、驚くべきものだった。華麗な空中殺法だけでなく、ローリング・ソバットなどの打撃技。ツームストン・パイルドライバーなどの痛め技。チキンウイング・フェイスロックなどの絞め技。それにアキレス腱固めなどの関節技。すべてを兼ね備えたレスラー。

デビュー戦となった、ダイナマイト・キッドなどとの戦いで、華麗さ、スピード、強さを見せつけ、漫画のキャラクターを超えた圧倒的な存在感で、たちまち国民的大スターになった。

タイガーマスクは、もともと格闘技志向で、徹底的にストロング・スタイルを磨く新日本プロレスを土台に、その運動能力を見込まれ、メキシコ修行に出された。メキシコのプロレスは、ルチャ・リブレと呼ばれ、3万人は入る闘牛場で行われるケースが多い。すり鉢状の会場の一番上から見れば、下のレスラーは豆粒のようだ。だから目立つように、派手なマスクマンになり、そして激しい空中戦を繰り返す。

覆面レスラーが、軽快でアクロバティックな動きを展開していたメキシコ修行を経て、打撃技が特徴のイギリス・プロレスで大スターになった。その後、帰国してタイガーマスクとしてデビューした。

スローモーションのように空中にいる時間が長いキック、ロープを駆け上がりバク転しながらのフライング・ボディアタック。放送席のいちろうは、魅せられた。

おーっと、タイガー、虎爆弾！　三次元の動きではない!!!

四次元殺法が炸裂だっ！　まさに四次元プロレス！

戦いのワンダーランドであります。

タイガーのスピードに合わせ、いちろうの実況もテンポアップしていく。まるで、リング上のタイガーと競い合うように。

いちろうは、タイガーマスクになる前の佐山聡（さとる）をよく知っていた。メキシコにプロレス修行に出されていた佐山。同じく、いちろうもメキシコに、実況中継修行に出されていた。

佐山の試合は、闘牛場、トレオ・デ・クワトロ・カミーノス、3万人収容の大会場で行われていた。マスクマンの多いメキシコで、素顔の佐山は、大スターだった。華麗にして、強靱。日本人でありながら、メキシコのチャンピオン・ベルトを持っていた。

実況のいちろうも力が入った。

メキシコシティの夜空に、佐山が舞った！

そして、この闘牛場、トレオ・デ・クワトロ・カミーノスの上空、

漆黒の空にコンコルドが飛んでいる。

音速を超えた衝撃波に、会場が揺れている！

コンコルドは、アメリカとヨーロッパを結んだ超音速旅客機で、メキシコには飛んでいなかった。正確さだけを求められるアナウンサーの呪縛が、メキシコという異国の空気で解けていた。こんなに盛り上がっているから、コンコルドくらい飛ばしてもいいじゃん、ともうひとりの、四次元の自分が、声をかけていた。

メキシコシティの夜はオレンジ色のライトに町が浮かび上がる。なま暖かい空気、すえたスパイスのような匂いも心地いい。

試合を終えた佐山聡といちろうは、カンティーナと呼ばれる居酒屋に入った。佐山は、試合後なのに、試合前にちょっとジョギングをした程度といったような、元気さだった。

「スゴい試合だったし、大技の連続で、実況していて喉が渇きましたよ」

そう言いながら、いちろうは、コロナビールをごくごくと飲んだ。

「新日だと、前座はグラウンドだけですからね。こっちだと、派手な技をやれば、もっともっと、ですからねー」

「佐山さん、大きくなった？　大技がどんどん出るから、大きく見えるのかなぁ？」

「例の試合で、20キロ減量したから、普通の体重になったんじゃないですかね」

佐山は、一瞬、苦い表情で、テキーラをすすった。

例の試合とは、１９７７年末に行われた『格闘技大戦争』というキックボクシングルールを主体として、つかまえての投げ技もありの格闘技イベント。総合格闘技なんて言葉はまだ存在していなかった頃、佐山はプロレスラーとして、ただひとり参加した。相手は、全米スを買われたのと、日本人の大型キックボクサーがいなかったからだった。相手は、全米空手ミドル級1位のマーク・コステロ。2分6ラウンドで行われた。

佐山は、体重を規定の70キロに絞り、しかも、ルールはキックボクシング。とどのつまり、パンチ、キックをもらうことを覚悟で踏み込み、つかまえてスープレックスで投げる戦法だった。試合は序盤、本来は〝反則〟の投げ技や、サイド・スープレックスや蹴りで相手の体力を奪っていったが、途中から、コステロがスープレックスに対応してきて、フロント・スープレックスを体を浴びせ倒す形で、佐山の上になって倒れ、佐山の体力を奪っていった。結果は、佐山の判定負けだった。フロントでつかまえるのでなく、バックを取りにいきたがったが、相手もそこを読んでいた。

「あの試合ね。あのルールじゃしょうがないと思うんですよ」

「いや、自分が弱かったんです。どんなルールでも勝てる強い男になりますよ」

「強いレスラー、じゃないんだ?」

「打撃、キック、レスリング、全部できる格闘家になりたいんですよ。メキシコのあと、イギリスに行って、打撃、キックを磨いてきますからね、絶対」

力がこもっていた。

「あんな華のある大技に、格闘技全般の技を身につけたら、佐山さん、絶対スターになりますよ」

いちろうも、興奮した。

「自分は、ただ、強くなりたいだけなんすよ」

「オレは実況で歌い上げる。絶対スターになる。絶対、絶叫しますよ！」

今度はいちろうがテキーラをすすった。脳内にコンコルドが飛んだ。

そして数年後、佐山は、タイガーマスクとしてスターになり、いちろうは、歌い上げ、絶叫した。


またもトップロープにハヤブサが飛来、宙に舞う四次元殺法!!


ところが、四次元殺法の実況は、アナウンス部でも怒られる。

「四次元じゃない、この世は三次元だ、バカヤロー」

そう言われて、「すみません」とその場をやり過ごしながらも、また次の週に叫んでる。タイガーマスクがきっかけで、実況も、ひらりひらりと飛び立っていった。

そして、四次元でいいんだな、言葉も四次元にしていいんだなと、アナウンス部のオーソドックスな指導のおかげで反発のエネルギーが発生。それが、心のアミノ酸となって、喋りはあちこちに旅する。

そんな調子で、１２５キロだった体を１００キロにまで絞ったアントニオ猪木が、ある試合でガウンを脱ぎ美しい逆三角形のカーブを描く肉体を披露した際、

わたくしがいにしえの頃に、ずーっと東京の下町で眺めていた、長屋の台所の曇りガラス越しに立てかけられたママレモンのシルエットのごとき肉体だ！

と絶叫すると、

「お前な、ママレモンじゃないんだよ、猪木の体は！　バカヤロー！」

とまた怒られる。時は昭和。人は怒られて育ったのだ。

いわば、あの人の一言が人生を変えた

みねこさんは、業界御用達というような、隠れ家のようなバーを指定してきた。いつものダークのスーツではなく、ライトブルーのタイトな超ミニのワンピース、普段は後ろでまとめるスタイルの髪も、今日は長い髪を自然に流していた。大人っぽくてエロい。いちろうの胸の中でゴングが鳴る。

みねこさんは、ジントニックを注文すると、細いタバコにカルティエのライターで火をつけた。ふーっとひと息。

「会社じゃ吸わないけどね」と、横目でいちろうを見る。

「いちろうくんて、プロレス信者よね。あたし、いまいち、良さがわからないのよ。どこが面白いの？」

何度も繰り返される反プロレスへの反論になるのは、めんどくさいと思いながら、

「痛み、苦痛、怒り、喜び、ありとあらゆる、に、人間の感情の動きを、その鍛え上げられた強靱な肉体で表現することなんだと思います。

フランスの哲学者ロラン・バルトも、『レッスルする世界』の中で『プロレスの試合で意味を持つのは各瞬間で、持続ではない。観客はある種の情熱の瞬間的映像を期待し、プロレスは意味の読み取りを要求する』と言ってます」

「男ってどうして、理屈でなんでも説明しようとするの。ロラン・バルトがこう言ってるとか、そんなの後づけだよ。女は、好きなものは理由もなく好きなの。いちろうくんも、ちょっと好きかなぁ」

いちろうの心臓の鼓動が場外乱闘のように、太鼓の乱れ打ちのようにあばれ、股間のコンコルドが機首を上げようとする。頭の司令センターが待機せよと指示を出す。

「ぼ、僕は、プロレスが、猪木さんが大好きなんです。弱っちくて、無力な自分が、プロレスを見ている時、縛りつけられている自分の小さな地面から、一緒に高く飛び立って、じ、自由になれる気がするんです」

「よろしい。そう言うことなんだよね。『好き嫌いに理由はない』ってシェイクスピアは、言ってるわ。ロラン・バルトより、よほど、潔いわね。あたし、トレンディドラマよく見るわ。あなたは」

「いや、まったく見ません」

「あれも、ありえない設定で。でも、本当にあたしにも起こるかもって思う。女の子のプロレスだね。ところで、いちろう、パンツ好き？」

「僕はトランクス派ですかね」

「違う、女の子のパンツ。あたし、芝浦の『ジュリアナ東京』にこんな格好でよく行くの。ミニ・ワンピは、あたしたちの戦闘服。お立ち台があって、2メートルくらいの高さなの。あたしたちが踊ってる下で、男の子がそれこそ、お腹が空いたウナギみたいに揉み合って、あたしたちのパンツを見たがるの。それが、面白くて。もちろん、踊りが面白いんだけど。やつらの物欲しそうな目を見るのも、超面白い。仮面をつけて、ヘアスタイルも変えて、顔も誰かわからない。だって、パンツにばっかり注目しているから。男ってバカよね。あんたも見たい？」

　そう言うとみねこさんは、大胆に脚を組み替えた。黒い影が、パンツかと思われる物質が、ちらりとかすめた。何かに切りこまれたような刺激が心に走る。「これは性欲のかまいたちか？」という言葉が頭をかすめた。

「み、見たいです。いい悪いじゃなくて」

「パンツなんて、ただの布きれでしょ」

「カート・ヴォネガットが、『チャンピオンたちの朝食』で、『とにかく、子どもの頃、女の子のパンツが見たかった』って書いてます。僕もそうでした」

「また、ヴォネガットとか、誤魔化す。パンツは、境界線なのよ。あのウナギたちは、パンツにたどり着くのがやっと。その先の本当の女が怖いのよ」

「女の人って怖いんですか？」

「そりゃ、怖いわよ。男にとって女は地球外生物なの。火を噴いたり、頭から食いちぎったり。いちろうくん、勇気ある？　それとも、ウナギの一匹になる？」

「ゆ、勇気あると思います」

「ウフフ、覚えておくわ。あたしは今からジュリアナ出撃。明日、オフだから。バイビー」

スツールをするりと降りると、みねこさんは、店を出て行った。

いちろうは、今夜はパンツの中からエイリアンが飛び出す夢を見るんじゃないかと思いながら、流行のグリーンのボトル、カティサークの濃いめの水割りをゴクリと飲んだ。


入社してすぐの頃、いちろうは、同期の新人アナ数人と、研修という名目でアントニオ猪木に会った。テレビ会社としても、高視聴率の新日本プロレスを率いる猪木さんは特別な人だった。その猪木さんが、新人アナのインタビューの練習を快く引き受けてくれた。

同期の新人アナは、次々とインタビューをしていく。そして、いちろうの番になった。目の前に、子どもの頃から憧れた大スターがいる。聞きたいことは山ほどある。だが、猪木さんを前にしたいちろうの頭は真っ白になった。顔面蒼白で、唇と手は震えていた。何か言わなくてはと思うが、一言も言葉が浮かばない。

「君、なんか聞きたいことないの？」

ビッグスマイルに、いちろうは、失神寸前になった。

「聞きたいことがあったら、いつでも聞きにきてくれよ」

新日のジャージ姿の猪木さんは、

「みんな頑張って！」

と言うと、颯爽と部屋を出て行った。

やってしまった。教官も同期のやつらも、おやおやという顔をしている。

忘れかけていた気の弱さが、こんな時に出るなんて、その日は、他の研修もあったが、心が虚ろで何ひとつ、耳に入ってこないまま終わった。

スポーツアナとして、先輩の資料の入ったバッグを持って、プロレス会場の放送席やレスラーの控室を雑用で行き来して、猪木さんの姿は、何度も見かけた、でも、初めて会った時のトラウマで、猪木さんには話しかけられなかった。

いちろうは、プロレス会場以外にも、新日本プロレスの野毛道場に、取材と称して出かけた。会社にいなくてもいいという気楽さに加え、大好きなプロレスラーの練習風景と素顔を見られるのは至福の時だった。

ストロング・スタイルを標榜する新日の練習は、半端じゃなかった。鬼軍曹、山本小鉄が竹刀片手に、若手に最低3000回のスクワットをさせる。前田日明(あきら)、髙田信彦が、床に倒れ込む。

リング上では、藤原喜明が、5秒間に1回、若手の関節を決める。猪木は、柔軟やブリッジで、身体をほぐしている。汗をぬぐいながら、藤原が教えてくれた。

「膝に水がたまって、小鉄さんに相談したら、なんて言ったと思う? 『スクワットやれば治る』だってよ」

いちろうは、何度か通ううちに、ストロング小林と真っ先に仲が良くなった。これはみんなにふざけてやっていることだったが、小林は、行く度にいちろうの股間を握った。そして、ニッコリ笑う。次に行っても、股間を握ってニッコリ笑う。だんだん、小林を見ると、自分から股間を突き出すようになっていった。そして、その日も小林の、股間を握りニッコリするセレモニーがあった。

するといちろうの背後から、

「奮い立て！」

叫ぶような、声がした。

小林に股間を握られたまま振り向くと、ロープ最上段に登った猪木さんだった。

「奮い立て！」

いちろうの目をまっすぐ見て、猪木さんが叫んだ。オレに向かって言ってる。いちろうの、ふるたち。名字に引っ掛けた言葉遊び。オレはお前を知ってるし、オレたちの仲間だと猪木さんが言ってくれたんだ‼

そう思えた瞬間。全身に鳥肌が立ち、感動に震えた。あのアントニオ猪木に認知された。

いちろうのプロレス実況の始めの一歩が始まったのだ。

ところで、小林さんはいつまで、股間を握っているんだろう。


いちろうは、中学2年の時に、徹底的にいじめ抜かれて苦しんだことがあった。いやーな記憶がまるで地下から染みだし、砂漠の原油のように滲(にじ)んでいる毎日だった。

思春期、心は満身創痍。そして、ある日の平日の夜のことだった。

家族が4人並んで夕げの食卓を囲んでいる際に、唐突に涙が止まらなくなってきた。涙がひとつの誘い水となり、毎日いじめられて非常につらい、その思いを語り出してしまった。本当に涙で堰(せき)を切ったように喋り出したのだった。

姉と母が、ふたりとも心配して何かなぐさめの言葉をかけ始めたが、めずらしく帰りが早かった父親だけは黙っていて、決して何も語らなかった。ひとしきり泣きながら喋ったら、いちろうはちょっと落ち着いた。

家族の前で泣いてしまった情けなさ、ちょっとだけ吐き出したという清涼感。箱のようなテレビからはNHKの7時のニュースの沈着冷静なアナウンスが耳に入ってきている。それなりの間の後に、父はこう一言だけ言った。

「さ、食べよう」

この一言で、何事もなかったかのように食事が始まった。

本当に情けないと父は思ったのか、それとも、取るに足らないことだと無視したのか、はたまたそんなことに親は介入しないんだと知らしめたのか。

おそらく、その3つとも正解なのだった。その一言の突き放しで、心が軽くなった。

そんな、弱さを引きずるいちろうを、アントニオ猪木が変えてくれた。

「奮い立て!」

これは、心の闘魂ビンタだったのだ。猪木はいちろうに、闘う姿を通じて、強く生きることを教えてくれたのだった。

「オレは実況で、猪木さんと一緒に闘う。弱い自分を一人前の男にしてくれようとしている、猪木さんの語り部として生きていく」

そう決意した、いちろうだった。

「猪木、手四つの体勢から、攻撃の糸口を探っております」
「バックに回って、バックドロップの体勢に入るか」
「グラウンドの攻防が続いております」

先輩アナの端正な抑揚の効いた実況。いちろうもその技を盗みながら、時々任される前座実況で、レスラーを引き立たせるテクニックを身につけていった。

プロレス実況だけではなく、あらゆるスポーツ実況は、あくまで選手が主役であり、視聴者の邪魔にならない、必要最小限の情報を淡々と語る。妙に熱をおびた実況は、試合に没入するファンにとって耳障りなだけだ。いちろうも、そう思っていた。

放送席はリングサイドの特等席。子どもの頃には、座ることができなかった至近距離で熱い試合を目の前にする。手に痺れが走った。

子どもの頃からのプロレス好き。当時の子どもたちは、休み時間になると、テレビで見たプロレスの技を掛け合った。いちろうが、小学5年生の時、ビル・ロビンソンのダブル・アーム・スープレックスという技が、大流行した。正面から、相手の頭を腹部にうずめて、後ろ手になった相手の両腕をフルネルソンに固めて、後ろに投げ飛ばす。別名、人間風車。

もちろん、小学生が投げ飛ばすことなどできないが、その形を真似するのだ。この技は、投げるほうだけではなく、投げられるほうにも見せ場があって、投げられまいとガクッと腰を落として片膝を地面につけてプロテクトする。いちろうは、この耐え抜く形が大好きだった。その日もいつものクラスメイトと人間風車。フルネルソンで肩口をロックされたまま、いつも以上にグッと腰を落として耐えるかっこいい体勢で、さらに踏ん張った。

　その時、相手のどてっぱらに潜っていた首が、

「グキッ、グキッ」

　と、嫌な音を立てた。そのまま倒れ込んで、意識が遠のいた。救急車のサイレン。誰かの叫ぶ声。病院の匂い。

　意識がはっきりすると、首がギプスで固定されていた。頸椎を捻挫していた。子どもだから、体が柔らかいから捻挫ですんだと医者から言われ、2ヶ月ギプスが取れなかった。それからはずーっと、左手に痺れを感じるようになった。

　月日は流れても傷を負った体は正直だ。特にプロレス実況席で、抑えながらアナウンスしている時、その痺れが蘇ってくる。そして、

「あの頸椎捻挫は運命の予告編だった。プロレス実況への道のゲートが開いた瞬間だったのであります」

　と、叫び出しそうになる。

それはそれとして、超過激実況アナウンサー誕生

プロレス実況を始めて3年がたった頃、いちろうに転機が訪れた。優しくも厳しい、先輩アナウンサーが出世したのだった。プロレス、相撲といった格闘技だけではなく、スポーツ実況全般を見るチーフになったのだ。

いちろうは、メインイベントを任される。しかも、自分ひとりの実況席で、先輩の目を気にせず、温めていた実況をする。プロレスの説明だけではなく、ひとりのプロレスファンとして、プロレスの凄みを謳(うた)い上げる語り部になれる。とかく、プロレスは八百長だのなんだのとすまし顔で言うバカがいる。鍛え上げた肉体の大男たちが、力と力、技と技で闘い絵巻を繰り広げるのがプロレスだ。勝ち負けが好きなら、腕相撲でも見ていろ。

メインイベントは、アントニオ猪木。

左手が痺れた。封印していたプロレス小僧の魂が蘇った。

猪木の試合の組み立てはわかってきた。序破急をもとに、その平凡な展開をブチ壊す。序急急もあるし、破破急もある。猪木の裏切りに、ファンは呆気(あっけ)にとられる。

いちろうは、それ以上に、猪木の肉体から発する言葉を聴いた。まさに、肉体言語。

耐えている。
まだ、耐えている。
怒っている。
怒りを溜めている。
怒りが、頂点に達した。
そして、爆発。
すべてをぶち壊す、破壊神が現れる。
そして、叩きのめす。
そして、歓喜の雄叫び。
「ダーッ！」

読める。猪木さんの瞳に映るものが……猪木さんと一緒になって闘う。そして舌先で踊ろう。いちろうは、リング上の猪木と一体化した自分を発見した。
試合をなぞるだけではなく、自ら試合に入り込む。自分が無になって、猪木と一体化する。猪木という磁力に振り回される、コマのように。

おーっと!! 猪木、怒りの鉄拳制裁。

弓を引くナックルパート。
現代に蘇った那須与一かっ！
相手の顔面は源平合戦の扇なのか？
超過激なセンチメンタリズム。
そして、おーっと!!　抜けば玉散る氷の刃。
抜刀一閃、延髄斬りだあっ！

解説の山本小鉄さんの目が点になっている。
超過激実況アナウンサー。いちろうは、こうして誕生した。

ただひとり歩む者としてのアントニオ猪木

「誰の挑戦でも受ける！」
プロレスこそ最強の格闘技。
ボクサー、柔道家、との戦いを経て、
今宵、相まみえるのは、現代最強の空手家です。
ひとり、誰も見たことのない新たな世界を旅する、アントニオ猪木。
その姿は、まさに、
「音声に驚かない獅子のように、網にとらえられない風のように、
水に汚されない蓮のように、犀（さい）の角のようにただひとり歩め」
とゴータマ・ブッダが語った求道者のようであります。
おーっと、満員の蔵前、極真空手、熊殺しのウィリー・ウィリアムス。
この異種格闘技戦、
不穏な空気が完全に蔵前を支配しております。
私も総毛立つものをここで感じております放送席。
プロレスの猪木か、極真空手のウィリーか。

プロレスか、空手か、
まるで双方のファンが宗教戦争のように殺気立っておりまして、
警官が蔵前警察署から40人動員され、
ガードマンが１００人配置されている。
そして、ウィリーのセコンドには、
なんと、猟銃を持ち込んだ者がいたという物騒な情報が
放送席サイドにも飛び交っております。
さあー、試合の立ち上がり。
猪木、余裕なのか、それとも猪木、雰囲気づくりなのか？
うーん、完全にウィリーの空手殺法が功を奏しております。
あえて猪木は受けているんでありましょうか。
その柔軟な体、長身2メートル、ウィリーが出す二段蹴り、
これが猪木の顔面をかすめている。
浅くてもダメージは後からくる!!
そして、ボディの辺りもとらえている。
また、二段蹴り。そして、中間距離からウィリーの空手流の突きだ。
突きが決まった。猪木が後ずさる。ちょっとボディの辺りを抑えてる。

猪木が、あー、ロープサイド、ロープサイド。
しかし、ウィリーを猪木がつかまえた。
さあ、つかまえたら猪木のもんだ。
しかしながら、このルールは、寝技は5秒以内だ!!
猪木にとっては非常に厳しいルールだ!!
おっと猪木、リングの下に誘い込んだ。
ラフプレーとインサイドワークはお手のもの。
5秒以内のくびきから逃れて、20秒間という時空のリング下だ。
しかし、カウントアウトだ。両者リングアウトだ。
これでは観衆が収まらない。
立ち会い人の作家、梶原一騎が、すかさずリングに上がりまして、
異例の試合延長を告げました。
また試合が再開されました。
試合前と同じく不穏な空気がこの蔵前を支配しております。
猪木のペースが徐々に徐々に見えてまいりました。
蹴りをかいくぐるようにして、そして、
空手殺法をかいくぐるようにして、

プロレスを仕掛けていっております。
寝技は5秒以内なので、あえてラフプレーで翻弄しているようだ。
おーっと、つかんで、もみ合ってまたリング下に両者もんどり打つ。
リング下に誘い込んでもつれたら猪木有利か。
プロレス流儀か。
投げてから、猪木の腕ひしぎ逆十字が決まった。
熊を殺したウィリーの腕を決めていく。
肘関節を決めていくステップオーバー!!
おーっと、しかしながら、ウィリーの下半身。
決められながらも猪木のあばらのあたりにキックをぶち込んでいる。
体が柔らかいウィリーの長い足で、何発もぶち込んでいる。
猪木は、肘を決め続けている。死んでも離さない。
猪木は肋骨にひびが入っていた。
ウィリーは肘の靱帯をかなり負傷していた。
完全な痛み分けか。ファンにとってはスッキリしない結果となった。
しかし、それも猪木独自の世界。
最大の名誉は、決して倒れないことではない。

倒れる度に起き上がることである。

蛇が脱皮して古い皮を捨て去るように！

ところで、同期の女性アナウンサーに刺激を受ける

「いっちゃん、これから、衣装を返しに行くのよ。原宿まで付き合ってよ」

アナウンス部のいちろうの席に、香水の匂いがさざ波のように忍び寄ってきたと思ったら、元気のいい声が聞こえてきた。同期の女性アナウンサー、北貴美子だった。

ふたりは今、朝の情報番組『おはよう六本木テレビ』に出演している。いちろうは、スポーツ担当、貴美子は芸能担当だ。いつも持ち歩いているピンク色のメイクボックスに、大きな衣装バッグを持っている。

貴美子は、最初から目立った存在だった。

入社当日、アナウンス部の貴美子の席に、六本木テレビの社長から、花束が届いていたのだ。同期9人のうち、貴美子にだけ社長から花が届いた。驚く周囲の目をよそに、貴美子は一瞬ニコッと笑顔を見せたが、その後は何事もなかったように、他のメンバーと新人研修をこなした。

研修期間が終わるとすぐに、芸能担当に配属された。芸能担当のアナウンサーは、服も

化粧も芸能人に見劣りしない出で立ちにしなければならない。だが、当時は会社が何をしてくれるわけでもなかった。

「芸能人は、スタイリストやヘアメイクがいるからいいけれど、私たちは、同じ番組に出ているのに、服も自前、化粧も自前。給料だけじゃ、とてもやっていけないわよ。いっちゃんたちはいいわよね」

いつも口癖のように言っていた貴美子は、超人気のＤＣブランド、サンセイ・ミヤモトの社長に、伝手をたどって話をつけて、衣装を定期的に借りていた。放送に着た衣装を返しに行き、また新しい衣装を借りるのだ。

有名ＤＣブランドの服に身を包み、大きなピンクのメイクボックスを持って局内を闊歩する貴美子の姿は、目立っていた。

アナウンサーたちには会社から毎月２枚、美容院のヘアセット券が支給されている。

「いっちゃんは、スポーツ担当で顔がほとんど出ないんだから、ヘアセットはそんなに必要ないよね。セット券、私にちょうだい」

「あ、はいはい」

いちろうのヘアセット券２枚は、いつも自動的に貴美子のものになっていた。

その日の夕刻、ふたりは原宿の裏通りにある居酒屋で、カウンターに並んで酒を飲んでいた。新たに借りた服の詰まった衣装バッグとメイクボックスは、いちろうの席の隣に積み上げられている。

「毎週、毎週、菓子折りを持って、サンセイ・ミヤモトに服を借りに行くのも楽じゃないわ。でも、本当に助かる。自腹で買うにも、私の給料じゃ、せいぜい毎月1着しか買えないもの。いっちゃん、今日は手伝ってくれてありがとう。1杯目のビールだけ奢るわよ」

「そ、そうだよね……。また、荷物が多くなる時は、いつでも言ってよ」

　無言の圧力を感じて、いちろうはつい、そう言ってしまった。

「いっちゃん、私を派手な女だと思ってるでしょ？」

「え？　……あ、あー、うー……」

　これは、うかつな返事をすると、どんな災難が降ってくるかわからない。返答に困って貴美子を見ると、貴美子はいつになく、つぶやくように言った。

「私ね、本当はものすごく目が悪くてド近眼で、高校生まで牛乳瓶の底みたいな眼鏡をかけて、勉強ばっかりしてたのよ。ものすごく地味な女の子だったの」

　貴美子は、中学・高校はお嬢様学校で有名な広尾女学院で、アイドルの芦田千代子と同級生だった。が、在学中から人気ドラマに出演して目立っていた同級生の芦田千代子とは、別世界の生物だったようだ。

「高校3年生の時に、決めたのよ。自分の人生は、自分で変えるしかない。自分の名前と顔を覚えてもらうような有名な人間になりたい。でも、芦田千代子ちゃんみたいにはなれないことは、よくわかっていた。スチュワーデスも華やかでいいけど、有名にはなれない。アナウンサーになれば、顔と名前が売れて有名になるチャンスがあると思ったの。まずは、瓶底眼鏡をコンタクトに換えるところから始めたわ」

「ええ⁉　牛乳瓶の底みたいな眼鏡……今からとても想像できないよ」

皇室にも人材を輩出している神聖女子大学に入学。「お嬢様」最高峰ブランドを身にまとい、3年生の時に、練習のために六本木テレビを受けてみたら、そのままアナウンサーに合格。入社日に花束が届くくらい、トップのお気に入りだった。

「キミちゃんはスゴいよ。同期9人の中でも先頭を走っているよ。トップにも気に入られているし、DCブランドの服も、こうやって自分で借りる算段をつけてくるし……」

「気がついたの。私、オジサマに好かれる才能があるのよ。お金のあるオジサマの財布の紐をゆるめさせるのが得意な自分に気づいたんだ」

「おエライさんからは、今もよく御馳走になるの？」

いちろうをはじめ、同期の8人は貴美子が時々、エライ人から単独で飲みに誘われているのを知っていた。アナウンス部の上司はもちろん、他の部署のエラい人たちも、先を争って毎晩のように貴美子を飲みに誘っていた。そんな時代だった。

「だって、上から誘われたら断れないわよ。いっちゃんも知ってると思うけど、あたし、お酒に強いじゃない。何杯飲んでも酔っ払わないの。オジサマたちは、少し私を酔っ払わせて……と思っているかもしれないけど。今は、朝の仕事が入っているから大変よ。『明日、朝が早いから、お先に失礼します』なんて言うと、『オレの酒が飲めないのか』って、2軒も3軒も連れ回されるから。でも、大丈夫。たいてい相手が先に酔いつぶれちゃうから」

「ホテルに連れ込もうとするオジサマたちも、いるだろう？」

「あるエライ人から、ホテルの部屋のキーを見せられて、『今晩、部屋を取っているんだ。オレとつきあってくれ！』って、迫られたことがあるわ」

「えっ⁉　……それで、ど、どうしたの？」

「最高の笑顔を作って、『頭、冷やしてください』って言ったのよ。それからは、迫られることはなくなったわ。飲みには今も誘われるけどね。ウフフ」

「ス、スゴい。オジサマを転がして、専守防衛する構えはさすがであります‼」

盛り上げながら、自分には何もないな、と思った。

「いっちゃん、私はね、女性の地位向上とか、そんなことを言いたいんじゃないの。自分の地位を向上したいの。それが人生の目標ね。いっちゃんも、そうでしょう？」

「そうだけど、キミちゃんと比べると、ヘビー級に対するフライ級くらい」

「でも、プロレス実況で、名前が売れてきてるじゃない。それは、嬉しくないの？」

「もちろん、嬉しいよ。正直、オレってイケてるんじゃないかって、思うこともある」

「そうでしょ。それが自然な感情よ。私たちは、喋る職人よ。喋りを極めて名前が売れて、有名になることを目標にすることは、ちっとも悪いことじゃないわ。そのためにもっと上を目指して努力するのよ。もちろん勉強もするし、オジサマを転がすのも努力、菓子折り持って、ブランドの服を借りるのも努力よ。お互い自分のために、もっと名前を売って顔を売って、有名になろうね！」

「奮い立て！」と言われていると思った。ここにもまた、自分を鼓舞してくれる人がいる。それにしても貴美子の向上心は、スゴい。筋金入りの目立ちたがり屋だ。派手めな化粧も、低糖質なオジサマ転がしも、ビジョン達成へのプロセスだ。いちろうは素直に感心した。

感心しながらも熱い連帯感を抱いたいちろうは、カウンターの上の右手をそおーっと、隣の貴美子の左手のほうに伸ばしていった。さりげなく貴美子の小指と薬指に触れた瞬間に、ピシャリ！　と、右手をひっぱたかれた。

あわてて手を引っ込めたいちろうに向かって貴美子は、何事もなかったかのように、

「さ、明日もお互い朝早いんだから、これ飲んだら帰るわね。いっちゃん、私の家まで荷物持って、送ってくれるわよね」

オジサマだけじゃなくて、同期のいちろうも、ちゃんと転がされているのだった。ありがたいライバルだ。そういう人に引っ張られて、エネルギッシュになる自分のメカニズムを発見した。すべては模倣からはじまる。

しかも、中継失敗からの天国

アナウンサーは、局に宿直するという決まりがあった。男女1名ずつ。男性アナウンサーは、地震などの臨時ニュースのために、女性アナウンサーは、朝一番のニュースを読むために、局に泊まることになっていた。

小さな部屋にベッドがあり、ただ泊まるだけの施設があった。もちろん、男女別々の部屋だけれど。当然、若手がその係になる。いちろうも月に1、2度、会社に泊まった。

会社に泊まるのは、面白くもなんともない。その日も、近くの中華料理店で餃子をつまみにビールを飲んで、早目に寝ようと会社に戻った。がらんとしたアナウンス部の部屋のソファに腰掛け、テーブルの上の週刊誌をパラパラめくっていた。

「いちろう、あんたも宿直？」

声の主はみねこさんだった。パジャマに着替え、手に2本のコーラを持っていた。

「はい、これ」

とコーラを手渡すみねこさんは、すっぴんだった。すっぴんにパジャマという非日常感に、左手が痺れた。美人アナウンサーのすっぴんは、すっぴんの美しさだった。

「仕事慣れた？　プロレス、相撲、ワイドショー、なんでもやらされてるわよね」

「慣れませんよ、特に、ワイドショーは。スポーツ実況調になって、いつも、うるさい、うるさいって怒られてますよ」

「あたしは、ワイドショー、天気予報に料理番組。いつもニッコリして、この世に嫌なことなんかひとつもないような、ノー天気な女を演じてんの。嫌なことばっかりなのにね」

「みねこさんの嫌なことってなんですか？」

「一番嫌なことは、カメラの前でニッコリすること。事件現場で、眉間にしわ寄せてレポートしたり、あんたみたいに、『おーっと』とか叫びたいかな。でも、プロレス、まったく興味ないけど」

と言って、ウフフと笑う。コーラをひとくちゴクリと飲む首筋が艶かしい。

「みねこさんの笑顔を見て、なんかテレビの向こうで、みんな幸せな感じになってると思いますよ」

「いちろうも幸せになるの？」

そう言うと、頭を傾けて、いちろうの肩に乗せてきた。

いちろうは、会社の宿直伝説を思い出していた。何年か前に、宿直の男女アナウンサーが、ラブラブになってコトにおよんだとか、およびそうになってガードマンに見つかってセーフだったとかの局内都市伝説。いちろうは、うずいた。

「もう、結婚しちゃおうかなぁ」

その言葉が、息になって、鼻先に漂った。いちろうは、夕食に餃子のみならずレバニラまで小皿で食べたことを激しく後悔した。

「ぼ、僕はみねこさんが……」

「うわーっ、こんな時間。あたし、明日早いの、寝る」

みねこさんは、すくっと立って、仮眠室に向かった。ガチャッという鍵の音が響いた。

「なんなんだ、あの女……」


1980年、第2回「東京国際女子マラソン」の平和島口、大森海岸交番前折り返し地点の実況レポートを、いちろうは任された。

入社4年目のアナウンサーとしては、なかなかの抜擢だった。1年前の1回目、10キロ地点飯田橋のレポートがよかったのか？　先輩の飲みの誘いを断らず、地道なゴマスリが効いたのか？　いちろうは、燃え上がった。折り返し地点の実況は、スタジアムのスタートとゴールの次の見せ場なのだ。しのぎをけずる先頭集団が折り返して背中を見せて遠ざかっていく光景……人生の折り返し……いろいろ表現できそうだ。

本番2日前から、大森、平和島界隈をひとりで歩きまくり、関係ないのに平和島の競艇場、大井競馬場も覗いてみた。足を使って情報を入れながら、平和島、大森海岸、有力選手のプロフィールを調べあげて、頭の中がパンパンになるほど、インプットした。

そして、運命の当日だ。ヘッドフォン型のマイクを装着して、マイクを口元のいいところに何回も調整する。出番を待つ。

第3中継車を担当している先輩の橋本アナウンサーから、

「先頭集団が平和島折り返し口に差し掛かってまいりました。それでは折り返し地点のふるたちアナウンサー、お願いします」

と振られた。いちろうは、満を持している。

下調べに丸々2日間かけて、喋ることは頭の中にすべてである。先頭グループの選手が通過するその前のわずかな間を使って、ちょっと低めのトーンで喋り出す。

この平和島折り返し口付近は、

大森海岸方面へとつながっております。

大森海岸といえば、ここで養殖が始まった、かの大森の海苔が有名。

埋め立てが進み、海岸線は消えましたが、

その馴染みもありまして、

かつてここは魚市場がにぎわいを見せていました。

築地だけではありません。

その時の流れを今もかろうじてとどめている界隈が

ここらあたりに開けております。
市場は、街を活気づけます。
お金持ちの商人たちも集まってまいります。
ここには、花街が開けておりました。
古くは芸者置屋、待合、料亭と合わせて、
三業と称したこういった三業地がここにはあったわけであります。
時は流れ世は移ろい、置屋と待合は姿を消しましたが、
料亭は往時をしのばせるようにたたずんでおりまして、
夕暮れの火点(ひとも)し頃になりますと
店の前に打ち水と盛り塩がしてあります。
粋な黒塀　見越しの松に　仇な姿のお富さん
といった感じの風情が漂います。

と酔いしれて、はとバスのガイドのような説明になってしまっていた。すると、脇腹にエルボー。傍らのディレクターが真っ赤な顔して、「おい、いちろう、実況、実況！　バカヤロー！」と、生放送中、大声で怒鳴れないので、力んだ顔でささやくのだが、明らかに怒気を含んだささやきだ。

ようやく我に返って、

今平和島折り返し口を、通過して先頭のジョイス・スミスが背中を見せている。
あるいは、ジョイス・スミスと思われる、
もしくは、ジョイス・スミスとしか言えない選手を中心に、
その後ろの数人が折り返してやはり背中を向けている。

って、自分が悪いのに、あたかも通り過ぎた選手のせいにしている、へんてこな実況模様。みんな怒ってるし、完全なパニック状態。

「先頭集団が遠ざかっていきます」

って言った後にはガラーンとした折り返し風景。第2グループが来るまで、何を喋ればいいのか放心状態。自分自身が打ち水を浴びせられた。

ジョイス・スミスを先頭に、先頭集団が完全に折り返して、
豆粒のようになってしまいました。

インカムから、「おい、締めて、中継車に戻せ！」というディレクターの怒鳴り声。

締めるしかない。

目を移しますと、沿道を埋め尽くした人々がてんでに
朝日新聞の「子豚」を振っています。
「子豚」を振っています。

焦って、小旗を「子豚」と噛んでしまった。


てんでに「子豚」を振っています。

第3中継車の橋本アナウンサー、どうぞ。


すると、「子豚」で振られた橋本さんもパニクって、

「先頭は昨年の『ちゃんぽん』ジョイス・スミス」

いちろうのもらい事故で、チャンピオンが、「ちゃんぽん」になってしまった。

後でアナウンス部長に呼ばれて、

「お前らは長崎しっぽく料理か！　大バカヤローッ！　『子豚』だの『ちゃんぽん』だの！」

そういうわけで、いちろうは、スポーツ局やら広報部やら関係各所に、部長に引き連れ

られて社内引き回しのお詫び行脚の刑。

最後に社長から、

「びっくりして、ただただ、あきれました」

とのお言葉を頂戴した。

「やっちゃったね、いちろう。若い時の失敗は、金出してもしろって言うじゃん」

みねこさんは、慰めるというより、心底、面白がっていた。

「失敗したくてしたんじゃないですよ。自分なりに下調べもして、完璧を目指して、最後の最後にけつまずいた。敗れて悔いなし、ですね」

「あら、ずいぶんと前向き。でも、そうとう、ドヤされたんじゃない」

「ドヤされるのは、日課ですから。でも運動部はもちろん、アナウンス部、編成、広報、すべての部署からドヤされるのは、さすがに初めてですね。社長からも呼び出されました。社長と話すのは、入社以来ですよ。でも、毎回プロレス実況やってるんで、失敗することの免疫があるんです。生中継始まった途端、放送席前で大乱闘になって、放送席が破壊されてなくなったりするんです。マイクも資料も吹っ飛んで、予備マイクをスタッフが見つけるまで放送は音声なしなのに、マイクないのに一所懸命実況を叫んでいたりすることもざらですから」

「何、得意顔になってんの。なんか、落ち込んでなくてつまんないな。せっかく、あなたの女神のみねこお姉さんが慰めてあげようと思ったのに」

「落ち込んでるってより、なんか、自分がわかんないんですよ。アナウンサーって、なんでもできないとダメですよね。ニュースも読んで司会もして、だけど、僕は舌先が暴走しちゃうんですよ。でもプロレス実況は、暴走がちょうどいいんです。

喋り始めると、考えてもいないのに、次から次に言葉が出てきて、自分でも制御できないんです。こんなんだと、一生、プロレスだけかなぁ、って思うんですよ」

アハハハハハー。みねこさんは、身をよじって笑い始めた。

「いちろう、ウケる。あんた、ニュースの司会とか目指してんの。最高でも、現場レポーターよね」

みねこさんは涙を流して笑っている。それを見て、いちろうの目にも涙が浮かんできた。

「いちろう、君、泣いてんの」

「泣いてなんかないですよ」

ちょっと恋心を持っている先輩に、自分が将来に対して抱いている不安を素直にぶつけたのに、結果が大笑い。傷ついた。悔しいのと、情けないのと混じりあって、うっすらと涙ぐんでいたのが、本当に涙の筋が頬をつたった。

「ごめんなさい。ちょっと元気づけようとしただけなの。うーん、どうしよう。とりあえず、場所変えよう」

「いいです。ほっといてください」

「そう言わず、ゆっくり話しましょ」


そこは、ウエスタンスタイルのできたばかりの大きなホテルだった。

「みねこさん、よくここ来るんですか？」

いちろうは、バカなことを聞いた。地元の巣鴨のラブホなら、やることは決まってるが、ここはそういうところなんだろうか？　ルームサービスで、赤ワインが、運ばれてきた。

「カンパーイ」

グラスを合わせた。

「ブルゴーニュのピノノワールしか、あたし、飲まないの」

時は１９８０年代初頭。バブルのとば口。先輩とはいえ20代の女性が、ブルゴーニュとか、ほざいている時代だ。ついこの前までワインじゃ通じず、ブドウ酒って言ってたのに。

「ここなら、泣こうがわめこうが大丈夫だから、いちろうの思ってること、全部吐き出してね。あたし、とことん聞くから」

そういうことか。巣鴨のラブホとは、意味が違う。いちろうは、ほっとしつつ、ちょっとがっかりもした。

「この世にプロレスがあって、本当によかったです。学生時代、プロレスごっこに僕が実況をつけると、それこそ、黒山の人だかりで、もう、喋りに喋って快感だったんです。不思議にプロレス実況だと吃音が出ないんです。それで、夢も叶った。ただ逆に、言葉が次々と自分の考えとは別に、勝手に暴れ出す。コントロールが利かないです。アナウンサーになれて、プロレス以外にも幅を広げたいと思ってきたんです。何か、自分が没入できるもうひとつのものを。みねこさんの前だと吃音は出ません。心が動いてるんだと思います」

ワインの酔いもあって、いちろうは、日頃の悩みを、みねこさんに打ち明け続けた。男のアピールもした。熱心に聞いていたみねこさんは、

「でもね。いちろうには、プロレスがあるでしょ。あたしには何もない。男性アナウンサーの脇でニコニコ。ハイ、コマーシャル、なのよ。いつか、真ん中に立って、男性アナウンサーを脇に置きたいわよ。何万年かかるかしら。あたし、シャワー浴びる」

ちょっと怒ったように、みねこさんは、部屋を出てバスルームに行った。

シャワーノズルが動き出す前の、一瞬の静寂の中で、「チャリーン」とかわいた音がした。みねこさんが、ピアスを取って、石の洗面台に置いたとおぼしき音。体の中の溶岩が火口付近を目指してうねり始めた。

これって、巣鴨のラブホと同じ展開なのか、違うのか？　いちろうは、スゴい期待と期待ハズレに備えて、おじいちゃんがよくやっていたように、般若心経を唱えてみた。

「いちろうもシャワーを浴びれば」

バスローブ姿のみねこさんが言った。

巣鴨だ！

秒速で、シャワーを浴びて部屋に戻ると、照明が暗くなり、みねこさんがベッドに横たわっていた。がっつくいちろうをするりとかわして、ソフトなキス、愛撫。肌も手つきも身のこなしもスムーズで、まるで、武術の達人を相手にしているかのようなグラウンドテクニック。組織内場外乱闘、時間は無制限か？

ヤバい。いちろうの興奮はマックスだった。興奮を抑えるのは実況だ。どんなに興奮していても、実況すると、なぜか落ち着き、自分を客観視できた。

いちろうは、心の中で、実況を始めることができた。直前の般若心経のおかげか？

さあ、わたくしのささやかなスカッド・ミサイルが、**傾斜角45度**で**屹立**（きつりつ）しようとしております。

まさに、この**地下室の発射台**から、**今**、

標的に**向**かって**飛**び**立**とうとしているところであります。

すでに**燃料**は**注入済**みだ。

股間の敵基地攻撃能力（**反撃能力**）は**完璧**だ。

さあ、前方に開けてまいりました、
思えば生命体の生まれいずる根源の泉とでも言いましょうか、
湿潤な、まさに小さな釧路湿原とでも申し上げていいのでしょうか、
生物多様性すら思わせるような、
その泉に近づいてまいりました。
今、湿原を世界的に守ろうとするラムサール条約に対しまして、
わたくしのほうは、ワシントン条約違反として、象牙の牙はありませんが、
わたくしなりの伝家の宝刀を
泉に向かってハードランディングさせようとしている。
こういうことを言うことによって、
唱えることによって、自分の照れを隠しつつ、
先輩にマグワおうという
いやらしいわたくしの作戦なのであります。

「いちろう、何ぶつぶつ言ってんの?」

「え!」

心の声が漏れていたのだ。

そして、あっという間の情報戦は終わった。

まるで初めて、エクスタシーを感じた女性のように、先輩は、ピクピクした体で横たわっていた。いちろうも夢見心地でいると、

「あたし、先に出るね」

みねこさんは、いつの間にか服装を整えていた。いちろうは、慌てて後を追う。

「み、みねこさん、付き合ってる人います？　もし、よかったら、僕と……」

「そんなんじゃないの。誰かと付き合う気なんかないの。あたし、ただ気が多いの」

ウフフと笑って、みねこさんは、部屋を出て行った。

とはいいながら、失神した猪木さんに〝道〟を教わる

「誰が一番強いんだ！」

猪木のその思いで、IWGP（International Wrestling Grand Prix）のリーグ戦は、行われた。当初、世界各地のチャンピオンが一堂に会し、決勝戦をニューヨークのマディソン・スクウェアガーデンで行うという壮大な計画だった。規模は縮小したが、そうそうたるレスラーが、世界各地の代表として出場していた。プロレスのワールドカップだった。

1983年6月2日、蔵前国技館には超満員1万3000人のファンが詰めかけた。

立見券を求めて徹夜で並んだファンのうち、1000人近くが入場できずに泣く泣く家路についた。IWGPという名の魔力なのか、このシリーズは28日間、すべてが超満員で、その総観客動員数には地方のプロモーターも笑いが止まらない状態だった。

ゴングが鳴った時の緊張感は、過去の数多くの試合と比べても、格別のものがあった。ハルク・ホーガンはもはや3年前、IWGP構想以前に猪木が最初に戦った時の、剛毛に背中が覆われていた野暮ったいホーガンではなかった。フレッド・ブラッシーに付き添われて来日した時のホーガンは、体が大きいだけの〝デクの坊〟に過ぎなかったが、日本において猪木と戦うこと、猪木とタッグを組むことでレスラーとして急成長していた。

とはいえ、IWGPの第1回開催において、猪木を倒して優勝できるだけの存在とはまだ思えなかった。ホーガン相手ならば、アンドレ・ザ・ジャイアントと戦うよりも猪木の優勝はより堅いだろうと思った。

猪木は体のツヤもよく、胸板にはハリがあった。ホーガンは冷静なままオーソドックスな戦いを挑んできたが、猪木がそれを嫌った。何かを仕掛けるつもりだったのか。逆に猪木は、張り手でホーガンを威嚇するが、ホーガンは猪木から学んだことをおさらいするかのように慎重に猪木に向かっていった。

1発目のアックスボンバーはスピーディーだった。猪木はこれを半身で受けた。そのお返しに放った猪木の延髄斬りに、ホーガンは効いた素振りさえ見せなかった。

ホーガンの激しいブレーンバスターに猪木の体がリングで大きくバウンドした。もつれたふたりは場外に落ちた。ホーガンは2発目のアックスボンバーを背後から放つと、前のめりになった猪木の前頭部は鉄柱にぶつかった。そしてとどめとなった3発目。ふらっとエプロンに上がってきた猪木にホーガンは走り込んで真正面からアックスボンバーを叩き込んだ。場外に再び転落した猪木は……意識を失っていた。

ルール的にはダメなはずなのだが……カウントが進む中、猪木のリングアウト負けを恐れた坂口征二らセコンドが数人がかりで猪木をリング上に押し上げていた。

世間では「舌出し失神事件」と言われているけれど、実は、この時点で猪木の舌が出ていたわけではないのだ。リング上に押し上げられた猪木がゆすってもまったく動かないので、舌による窒息を恐れた坂口の指示で、木村健悟が猪木の口に指を入れて舌を引き出しているように、いちろうには見えた。

そんな中、レフェリーのカウントは進んだ。リングアウトであれ、ノックアウト・カウントであれ、まったく起き上がれない猪木のKO負けという事実は揺るぎないものに見えた。リング上は大混乱だった。

ホーガンは、このとんでもないアクシデントに呆然としているようだった。

山本小鉄は、解説席を離れ、すでにリング上にいた。傍らのいちろうは、猪木を案じる気持ちを抑えて、

大変なアクシデント、場内は騒然としております。
乾ききった時代に送る、まるで雨乞いの儀式のように、
ファンの哀れな猪木コールが聞こえてくる!!

実況をし続けた。

総立ちのファンが見守る中、猪木はその場でリングシューズを脱がされ、担架で控室に運ばれた。猪木はそのまま駆けつけた救急隊員によって救急車に乗せられ、都内の病院に搬送されていった。

6・2衝撃の蔵前。ハルク・ホーガンのアックスボンバーの凶弾をまともに受けた猪木の失神事件。


信濃町にある病院に、猪木さんのお見舞いに行った。

いちろうは、手に小さなひまわりの花束を持っていた。猪木さんには、ひまわりが似合うと、なんとなく思っていた。

病室の猪木さんは、ベッドの上で、ストレッチをしていた。

「もういいんですか?」

「レスラーは、満身創痍だから、一生、ケガとの戦いだよ。よくはならないね。それより、試合の評判はどう！」

「プロレスの凄みを、改めて、僕を含め感じました」

「5の相手を、8に高め、10で仕留められちゃった、ウフフ。これで、ホーガンの人気は、うなぎのぼりだな」

「そんなこと考えてるの、猪木さんくらいですよ」

「社長は、つらいよ。それより、いちろうくん、外に出ない？　この病院、いい中庭があるんだ」

外の空気は、清々しかった。ガウン姿の猪木さんは、ベンチに腰をおろした。しばらく、庭の緑を眺めていた。いちろうは、隣に腰をおろした。

猪木さんは、ガウンのポケットから、黒い手帳を取り出した。手帳を開くと、切り抜いた小さな新聞記事が挟まっていた。記事には、ビアフラの子どもだろうか、痩せてお腹だけ膨(ふく)れた小さな子どもの写真が載っていた。『飢餓に襲われる子どもたち』という見出しが書かれていた。

「世界中に5億人以上、今日食べるものがない人がいる。その全部の人を救うのは、オレひとりじゃ無理だけど、オレは、生まれ育ったブラジルがある南米から、飢餓をなくそうと思ってるんだ。それで、会社を作ったんだ」

「アントン・ハイセルですね」

　猪木さんは、大きく頷いた。

「アントン・ハイセル」は、ブラジルで猪木さんの作ったバイオテクノロジーの会社だった。サトウキビを搾り、オイルを作る。そのオイルで車の燃料を作ったり、石油の代替品を作る。ただ、サトウキビの搾りかすは、バカスと呼ばれて、土に返るにも何年もかかる厄介者だった。それを特殊な分解酵素で、牛の飼料に変える。牛のフンで土地は肥える。牛は食料になる。成功すれば、夢の食物連鎖だ。ただ、日本でうまくいった分解酵素が、気候の違いなのか、ブラジルでうまくいかなかった。猪木さんは、その事業にのめり込んでいた。借金もいくらあるかわからないと言われていた。

「オレのこと、馬鹿なやつだっていう人間は、いっぱいいるよ。いちろうくんもそう思う？」

「いえ、猪木さんみたいな人間、日本には、いや、世界にもいないと思います。プロレスで、てっぺんとって、それでも、新しいチャレンジをやめない。尊敬以外の言葉が見つかりません」

「ウフフ、嬉しいけど、照れ臭いな。オレには、人生にふたつの選択肢があった。力道山先生に会った今の人生ではなく、あのままコーヒー園で働き続ける人生。どっちが幸せだかわからないけど、案外、自分の畑なんか持って楽しく生きてたかもな」

「そうしたら、僕らアントニオ猪木に会えなかったですよ」

「オレは、ドン・キホーテでいいんだよ。わかった顔して何もしないやつらが、大っ嫌いだ。人間てのは……人間てのは……なんていうかな、ロマンチックな愚か者でいいんじゃないかな。みんな、ロマンチックな愚か者になったほうが楽しいぞ」

「ロマンチックな愚か者か」

「奮い立てくんの実況、あれも、ロマンチックな愚か者だな。だから、ウケるんだよ。なんか元気出てきた。こうしちゃいれない。退院して、道場に行くぞ」

猪木さんは、立ち上がると早足で、病棟に向かった。いちろうは、それに続いた。

それにしても、「売れたい」パワーの炸裂

六本木テレビの本館ロビーに入ると、左手に「喫茶部」がある。タレントやプロデューサー、ディレクターが、いつもガヤガヤと打ち合わせをしていて活気がある。その本館と喫茶部の間に、駅のキオスクのような小さな売店がある。社員やスタッフは、そこで缶ジュースなどの飲み物や、お菓子や、雑誌を買う。

いちろうがちょうど売店の前を通りかかると、視界の片隅に、華やかな服と、大きなメイクケースが飛び込んできた。

同期のアナウンサー貴美子が、雑誌コーナーに立って、じーっと一点を見つめていた。

いちろうが立ち止まって声をかけようと近寄ると、貴美子は雑誌スタンドから一冊を取り出して買った。

と、次の瞬間に、いちろうの見ている前で、ビリッ、ビリッと破き始めた。

売店のおばちゃんも唖然として見ている。売店の前を通りがかった数人も、一瞬、何事かと足を止めたが、すぐに、見てはいけないものを見てしまったという表情で、すり足でその場を通り過ぎていった。

「キミちゃん、どうしたの、どうしたの？　……何が起きたの？」

わけがわからないまま、いちろうは、貴美子のところに駆け寄った。

「昼間だから酒飲んでいるわけでもないだろう。何がどうしたの？」

貴美子が破った雑誌は、数年前に創刊し、大ブームを起こしていた写真週刊誌『シャッター』だった。

怒りの眼差しをこちらに向けた貴美子が、いちろうに向けて怒気を含んだ声で言った。

「許せないのよ、私は！」

「えっ、何が？」

「なんで、私じゃないのよ」

ビリビリに破かれた『シャッター』の表紙を飾っていたのは、市ヶ谷テレビの人気女性アナウンサー、丸山寿々美（すずみ）だった。

「どうして、私が載らないの⁉」

「えっ、どうしてって……オレに聞かれても」

その怒りのパワーに圧倒された。どう、取りつくろっていいかわからず、いちろうは、思わず話をそらした。

「それにしても、よく破けたねぇ。表紙だけじゃなくて、まとめて5ページ分くらい、ビリビリになってる。分厚い電話帳を破る鉄の爪フリッツ・フォン・エリックは知ってぃるけど、写真週刊誌をビリビリに破るっていうのは、ある意味、エリックよりもスゴい！よくこんなに力が出たよね。火事場の馬鹿力とは、よく言ったもんだね」

「当たり前よ！」

フォローしているんだか、褒めているんだか、なんだかわからない。

とてつもない怒りの熱量に圧倒されたいちろうは、「じゃ、これからオレ、取材だから、頑張って」と、意味のない激励をして、そそくさと現場を後にした。

あいかわらず大したパワーだな。同期とはいえ貴美子は、はるか先を走っているな。敵わないな、と素直に思った。

恐ろしいというよりも、貴美子の「売れたい」という熱量には、むしろ、憧れのような感情を抱いたのだった。

考えてみれば、売れ始めて有頂天

新宿に、「白川郷」という、その名の通り白川郷から移築した合掌造りの巨大な居酒屋がある。そこで行われた宴会に、いちろうは顔を出した。トモジという、口ヒゲの下にいつも薄ら笑いを浮かべた、青年週刊誌『週刊プレイメンズ』の編集者に誘われたのだった。この男も変わっていた。

トモジとは、六本木のギョーカイ・バーで会った。顔がムダに広い星山の紹介だった。麻の上下のスーツを着た口ヒゲを生やした大男で、何か一言、言う度に口元に薄ら笑い。星山の紹介っぷりが異様だった。

「いちろう、トモジってスゴいんだ。英語ペラペラの元文学青年で、五反田のピンサロで花びら大回転の最中にスタインベックの『怒りの蒲萄』を読んでるんだ。それも、原書で」

会うなりトモジは、

「ウチで連載しませんか？　ウケるな、間違いなく」

「連載なんて、そんなのできるのかな？　オレ」

「いちろうさん、面白いもん。プロレス見て、いつも大笑いしてますよ。『おーっと』とか『人間山脈』とか『四次元殺法』とか。めちゃくちゃな実況して、疲れると、『この局面どうでしょう、山本さん』って、小鉄さんに預けちゃう」

「でも、オレ、局アナだから、会社の許可いるんだよね、そういうの」

「会社辞めないんですか。辞めたら、もっとウケるな。もっといろんな実況できるじゃないですか。僕の仕事って、ウケる人とか、ウケるモノを見つけることなんですよ。それには、大衆の心がわからないとダメなんですけど、僕にはわかるんです」

「なんで?」

「僕が、ザ・大衆だからです。『東スポ』読んで、毎日、漫画雑誌買って、大衆力高めてます。修行ですね。猪木流『馬鹿になれ!』ですね」

『怒りの葡萄』と大回転の組み合わせのどこが大衆なんだ?

いちろうは、よくわかならいうちに、この男の口車に乗せられ、会社に許可を取って、雑誌の実況連載を始めることになる。

そのきっかけとなったのが、この白川郷での宴会だった。

「あんぐらの会」という宴会は、白川郷の大広間で行われていた。

もともと小劇団のメンバーを中心にした集まりだったが、テレビスターも小劇団から誕生している頃で、テレビの討論番組で見かける学者や評論家、時代の寵児のコピーライター、直木賞作家、有名カメラマンなどなど、多士済々な、いわゆる文化人の集まりだった。

いちろうは、トモジと一緒に、難しい話に巻き込まれないように、末席でおとなしくし

ていた。スポーツ実況専門としては、有名で、かつ、よくわからない種類の人間たちの会話を断片的に聞きながら楽しんでいると、

「皆さん、今日はスペシャルゲストとして、過激プロレス実況のいちろうさんに来ていただきました！」

トモジが、立ち上がって余計な紹介をした。すると、おーという声に続いて、全員の拍手。この頃には、インテリ系もプロレスを熱く語る時代となっていた。作家・村松友視の影響だ。

「いちろうさんて、礼儀正しい乱暴者ですよね。流血して場外乱闘してるのに、最後に『ごきげんよう、さようなら』って律儀に挨拶しますもんね」

そう論評したのは、この宴会の主催者で日蓮宗のお坊さんにして劇作家、杉山文彦和尚だった。

「せっかくだから、なんか実況してくださいよ。聴きたいな。例えば、猪木対雪だるま戦とか」

いきなりのリクエストで、どうしようかと思っていると、トモジが、

「おーっと、とか言ってればいいと思いますよ」

と適当なことを言う。

白川郷か……。その場所の地場だろうか、いきなり実況が降りてきたので、トモジに相

談。テーマを決めて、頭を整理して臨んだ。

第1回、建造物世界一決定戦の時を迎えました。
会場は、ここ合掌造りで、世界からも観光客を集める白川郷であります。
掌を合わせたような、急勾配の茅葺き屋根から、
つまり合掌造りと呼ばれております。
おーっと、青コーナーには、ミサワホーム、
あっという間の一戸建てツーバイフォー工法が、
腕を撫して、一気に攻めかからんとしております。
一方の赤コーナー、泰然自若、騎馬兵を先鋒とした
バッキンガム宮殿が、余裕の登場で威容を誇ります。
背後には人類の愚かさと悲しみの象徴、ベルリンの壁も控えております。
ミサワホームの背後には、中国三千年の戦乱の記憶とも言うべき、
万里の長城がセコンドだ。
さあ、先制攻撃、ミサワホームが襲いかかる！　ジャンピングツーバイフォー!!
石造りバッキンガム宮殿余裕で受け止めた。
なぜか浅間山荘・鉄球攻撃もリングサイドで観戦している。

おーっと、そこに遺跡界の荒法師ティオティワカンの乱入！
なぜか、「マヤ文明最高!!」と叫んでいる!!
ヨーロッパの優美さを漂わせ、ノートルダム・ド・パリも参戦。
こうなると、世界の警察アメリカも黙っていない。
エンパイア・ステート・ビルも飛び込んでまいりました。
さらに、花道に、おっ、モスクワ赤の広場から、
玉ねぎ頭の聖ワシリー大聖堂が乱入して、エンパイアに強烈な頭突き。
それをフランスから贈られた自由の女神が松明(たいまつ)で切り返す。
ギザの大ピラミッドが、キャンバスに突き刺さった。
もうこれは、収拾がつかない建造物バトル・ロワイアル。
めりめり、ギシギシ、巨大建造物が軋みあっている。
まったく動かないのが、素朴な風情の竪穴式住居だ!!
歴史と歴史の意地の張り合い、石と鉄鋼の凌ぎ合い。
放送時間も迫ってきました。
土埃の舞う、ここ白川郷から、ごきげんよう、さようなら。
実況を終えた。爆発音のような拍手。ウケた。有名文化人の人々が、涙を流して喜んで

いる。いちろうは、今のテンションなら、プロレス以外でもなんでも実況できそうだった。プロレスに語らされていると思っていたのが、自分の中から言葉が湧いて出る。もっともっといろんな実況をしたい。そう思う自分に、いちろうは、少し驚いた。

「ウケたでしょう。あの人たち、こういうの好きだから。インテリにウケたら、大衆にもすぐにウケますよ」

薄ら笑いのトモジが言った。この時誰かが、カセットレコーダーで録音していたらしく、いろいろなところにテープが出回ったらしい。プロレスファンの有名人の間から、ちょっと、文化人の間でも名前が知られるようになった。ネットのネの字もない頃の話だ。

それほどメジャーな雑誌ではないけれど、『過激アナウンサーいちろう研究』という企画が組まれた。いちろうのインタビューと文化人の分析で構成された大特集だった。

もちろん、表紙はいちろうだった。

「時代」という一夜の宴の片隅で、いちろう実況という酒のあてで楽しんでいる人たちの光景を眺めているのは恍惚だった。

『ワールドプロレスリング』の視聴率は、20%を超え、それにともなって、いちろうも、いわゆる「売れてきた」のだった。いろんなジャンルにチャレンジしたいなどと、先輩女子アナに泣きべそで相談した男はどこかに置き忘れた。

雑誌の連載を持ち、雑誌や新聞でのインタビューも毎週のようにあった。

特に学園祭シーズンには、それこそ東京六大学から、東都六大学、初めて聞く名前の大学からも出演依頼が殺到した。

仕事から戻ると、電話の伝言メモに、専修大学、明治大学、中には、お茶の水女子大学まであった。それを覗き込みながら、イヤミな先輩が、「いちろう、大学受験またすんのか」と、ボケてきた。

いちろうの評価は、世間10、局内0、自分自身は7か8で、ちょっといい気になってもいた。局内の自分への評価の低さは、スポーツとして胡散臭(うさんくさ)い、鬼っ子的番組、プロレスという高視聴率番組での実況という立場が関係していた。また、喋り口が保守的なアナウンス界にはウケなかったのだ。ニュース番組の司会とか、バラエティ番組の司会などが上に見られていた。しかも、売れ方が急すぎた。プロレスの実況のメインになって2、3年で、一気に売れたのだ。

それにしても、局内の反応の鈍さ？　あえての知らんぷり？　には腹が立った。だからこそ、時間の都合がつけば、学園祭の出演依頼には応えた。どこに行ってもウケる。盛大な拍手喝采が待っている。局内の無反応、学園祭の盛大な拍手喝采。どちらが、本当の自分の立ち位置なのか？　ますますわからなくなった。

ふと、机の上の伝言メモに目を落とすと、そこには立教大学とある。母校からの学園祭出演依頼だった。いちろうは、一も二もなく引き受けた。

控室で待っていると、立教大学の実行委員が近づいてきて、

「一番大きな教室なんですけど、超満員です。通路も立ち見でいっぱいです。それでは、よろしくお願いします」

と言う。いちろうが登場するや否や、爆発音のような、拍手と歓声が湧き上がった。なんか、ロックスターを迎えた雰囲気。マイクをつかむや否や、いちろうは、喋りに喋った。

「アントニオ猪木が……」

ドッカーン！

「長州力が……」

ドッカーン！

「山本小鉄が……」

ドッカーン！

やっぱり、プロレス話は、鉄板だなと思いつつ。

大学生時代、池袋のぼったくりバーで、持ってるお金を全部取られて、残りの分を払いに来るように学生証を取られた話をしても、

ドッカーン！

小学校のブロック塀を作るバイトをしていて、一緒に働いていた怖いお兄さんに、無理やり花札賭博で、その日の稼ぎを全部取られた話をしても、
ドッカーン！

プロレス以外のフリートークもウケにウケた。

喋っているうちに、どんどん饒舌になり、どんどん楽しくなる。ランナーズ・ハイというのはあるけれど、名付けるとしたら、トーキング・ハイ。しかも、プロレスはウケているけれど、それ以上に、自分がウケているのが、快感だった。

舞台を降りると、実行委員のメンバーがいちろうを迎えた。

「どうだった？」

「今年一番のバカウケでした」

「なんか、喋り足りないな」

「1時間の予定、2時間も話していただいて。ス、スゴすぎます。もし時間ありましたら、近くでミス・キャンパスのイベントやってますけど、サプライズゲストで出られます？」

テンションが爆上がり。もちろん、ミス・キャンパスのサプライズゲストで登場。ここでも、拍手と大歓声。勢いに乗って、本来の学生司会者のマイクを奪い、ミス・キャンパスの司会進行までやってしまった。ちょっと、やり過ぎた。

実行委員会のメンバーに、完全に「有名人のように」送り出された。

秋のひんやりした空気が、心地よかった。

「オレって、きてるかも」

いちろうは、声に出してひとりごとを言って、愛車・トヨタカリーナハードトップ1400デラックスのイグニッションスイッチを勢いよくひねった。

ただし、革命戦士と〝馬鹿の一本道〟

部屋の壁にかかったオオサンショウウオの絵。いちろうと同部屋になった長州力が、

「いちろう、あの絵スゴいね」

「なんか、飛び出して見えますね」

「こんな、リアルな絵、初めて見るね」

「まるで、生きてるみたい……」

すると、壁の絵がズリッと動いた。

「ギョエー！」

ふたりは、叫んで、部屋の外に飛び出して、外の芝生にへたり込む。

絵だと思ったのは、オオサンショウウオだと思ったのは、巨大なトカゲだった。

いちろうは、長州力と目を合わせる。ふたりとも、びっくりして、パニックになったお

互いの姿を見て、声を出して笑い出した。

「アハハハ。リキさん！　そのビビり方は、革命戦士とは、思えないね」

「いちろうも、あのオオトカゲを見て、実況しないとダメだよっ」

一瞬の恐怖と、その後の狼狽ぶりが面白くて、声を出して笑い続けた。パキスタンの空の下で。

アリ戦以降、世界の著名人となった猪木さんの9日間にわたるパキスタン遠征。いちろうは、現地からの中継のために同行した。

パキスタンでは、手荒い歓迎を受けた。大きな街カラチは大洪水の後で、ホテルのベッドも水に浸かり、シーツはグジュグジュだった。それでも、いちろうもレスラーたちも疲れていたせいか、グジュグジュのベッドに沈み込みながら熟睡した。人間ってけっこう、強いかも。

さらに、田舎街へのサーキットは続く。オオトカゲの「駆除」待ちで、長州力といちろうは、テラスでミネラルウォーターを飲んでいた。

「リキさん、大爆発だね。人気ものすごいよ」

「いちろうのおかげだよ。めちゃくちゃ煽るから。毎週、『噛ませ犬』『噛ませ犬』って」

長州の人気は大爆発していた。

1982年10月8日、事件は起きた。

味方同士だった長州力と藤波辰巳が、後楽園ホールの入場口につながる階段の踊り場で、試合後、つかみ合いになった。若手レスラーが総出でふたりを引き離す。そして、「オレは、藤波の嚙ませ犬じゃない」

と、あまりにも有名な名台詞が飛び出した。

1971年にデビュー。72年の新日本プロレス旗揚げからの生え抜きの藤波は、格闘技経験なしの叩き上げで、アントニオ猪木の付き人を経て、アメリカ修行中にジュニアヘビー級のチャンピオンとして凱旋帰国。ドラゴンブームを巻き起こし、猪木の次の時代を担う最右翼だった。

一方、長州は、アマレスでミュンヘン・オリンピック出場。スカウトされて、1974年に新日本プロレス入団。年齢は藤波より2歳上。その後、藤波より早く海外遠征。しかし、鳴かず飛ばずで、長く地味な中堅選手として停滞した。

10月8日のメインイベントは、アントニオ猪木、藤波辰巳、長州力の日本組対アブドラ・ザ・ブッチャー、バッドニュース・アレン、S・D・ジョーンズの6人タッグ。新日対ブッチャー軍団の、ごくありふれた試合のはずだった。

外国人組が入場し、「猪木ボンバイエ」の曲に乗り、3人が入場してきた。長州、藤波、猪木の順。

パンチパーマだった髪型がストレートの長髪になって、真っ黒に日焼けし、体つきもパンパンに張った長州は、かつてとは、別人のようだった。

入場、試合前から、長州の様子が不穏な雰囲気だった。リングアナウンサーのコールに、「なんで、オレが先なんだ!?」と、クレームをつけた。藤波は、「何言ってんだコイツ」という顔をしている。

試合開始。当然、格からいえば長州が先発。

ところが、長州は、それを拒否した。藤波と小競り合いが起こり、「もういい！」とばかりに藤波が先発した。

試合中も、ふたりのタッチの度にギクシャクする。藤波も長州も、猪木にはタッチするが、お互いのタッチは受けず、言い争う。

場内の観客は、何が起こっているのかわからないまま、ふたりが明らかに揉めていることは、察知していた。

猪木はといえば、怒るどころかふたりのいざこさを見て見ぬふりしているような雰囲気。

そしてついに、試合そっちのけで、ふたりは取っ組み合いの喧嘩を始めた。

実況のいちろうは、予定調和を破壊する長州の行動に、探りさぐり実況した。


長州は、メキシコでヘビー級王者カネックを破り、

UWAヘビーのベルトを巻いて、
藤波に対して、これまでとは違うんだぞ、
といった怒りにも似た気持ちを抱いているのか?

完全に戸惑ったブッチャー軍団は、何がなんだかわからないまま、黙々と試合をこなした。試合は、混乱のさなか、藤波がジョーンズを回転エビ固めでピンフォール、日本組の勝ちで決着した。

試合が終わっても、長州はツカツカと藤波に歩み寄り、強烈なビンタ3発からのボディスラム、さらにストンピングで、藤波をリング下に蹴落とした。

藤波も怒りの形相で応戦し、ふたりの争いはいつまでも続いた。

長州、反乱。牙を剥いて、藤波に宣戦布告!
どうなる新日本プロレス。どうなる、**藤波、長州力!**
大混乱の後楽園ホールから、ごきげんよう、さようならっ!

会場内、何もごきげんはよくないのだ。

テレビ中継は終わっても、ふたりの争いは終わらない。そして、退場する階段の踊り場で、両者はやっと、必死の大勢の若手レスラーたちに引き離された。

そして、長州力から、プロレス界を変えるあの言葉が飛び出した。

「オレは、藤波の噛ませ犬じゃない！」

「噛ませ犬」は、闘犬において、調教する犬に、噛ませて自信をつけさせるためにあてがわれる弱い犬のことだ。プロレスにおける「引き立て役」「負け役」のこと。

「噛ませ犬じゃない！」

いちろうは、この言葉に全身を貫かれた。


オレは噛ませ犬じゃない！

革命戦士長州力。腕をぶんぶん振り回してからのリキラリアット！

おっと！　ステップ・オーバーして、さそり固めに入ったーっ！

下剋上、下剋上。すべての秩序は、この男がぶっ壊すっ！


プロレス界も、この社会も、年功序列、格の世界。それに抗う長州は、たったひとりで革命を起こした。いちろうは、真っ先に、自分と重ね合わせた。大好きなプロレスが、スポーツとして下に見られる。金をかけてもいないのに、いまだに、八百長などとそしるバカがいる。テレビ局内でも、ニュースやドラマが格上。さらに、スポーツの担当でも、野球や相撲が格上。どんなに視聴率がよくても、プロレスは格下。

いちろうは、長州力に対して「噛ませ犬」「下剋上」「革命戦士」のフレーズを、実況のたびに歌い上げた。長州というレスラーと、いちろうの想いがシンクロした。そして、藤波との真っ向勝負に、プロレスファンは熱狂する。「名勝負数え歌」。

ふたりの闘い絵巻はプロレスのど真ん中になる。外国人対日本人の図式から、日本人対日本人の思想対決とも言える新しい時代がきた。そして、いちろうは、その語り部となった。

「いちろう、オレ、噛ませ犬って、言ったかなぁ?」

「言ったとしか言えないですね」

「辰ちゃんには、悪いことしたよな。オレは、なかなか自分のレスリング見つけられなくて、たぶん、嫉妬もしてたかもしれないな」

「でも、辰っつぁんも、本物のレスラーですね。正面から、受けて立ってるもの。もともと、会社内の揉めごとだったのが、なんか、ブームになって、ふたりの試合の会場の盛り上がりハンパないっすよ」

「いちろうの実況の人気もスゴいよ。どこ行っても、実況がスゴい、スゴいって。レスラーより、実況が目立っちゃダメなんじゃないの」

「アハハハ。なんか、実況、少しわかってきたんです。ファンはプロレスに託しているんだ。自分のできないことや自分で抱えてる葛藤をレスラーが代行して片づけてくれる。リキさんは、まさに、それをやってる。年功序列とか秩序とかぶっ壊す。リング上でも、いつでも怒りをマックスにして、相手を叩き潰しにいく。リキさんのプロレス、叩き潰すプロレスって実況してるけど、それを見てファンは、心のモヤモヤを消しているんだ。まさに掟破りする長州力なんです‼」

「それは感じるね。技と技の間に、スッと静かになって、いきなりワッと大声援になる。なんか、呼吸を感じるよ」

「その呼吸、オレも感じるんです。リキさんの試合は、特になんだけど、レスラーに託しているファンの気持ちを代弁できる実況になってきたのかも」

「オオトカゲ退治できたかな？」

「ここ暑すぎるよね」

と言いながら、いちろうは、ミネラルウォーターを飲み干した。

パキスタンは、水が悪かった。大量に、ミネラルウォーターを持ってきたが、なくなりかけていた。部屋には、ウーロン茶しかない。ウーロン茶で歯を磨かなくてはならなくなった。口の中がとても渋い。

そこまで注意していたけれど、あまりの暑さに、レスラーと一緒にプールで泳いだそのせつな、ひとかきめのクロールでガバッとプールの水を飲んだ。他にもプールの水を飲んじゃったレスラーがいて、パキスタン遠征の最終日は、トイレで過ごすレスラーがたくさん出た。いちろうもトイレの中で半日過ごした。

革命は、ひとりでも起こせる。


猪木隊長を先頭に、５名の少年隊員、そして、いちろうは急峻なカイバル峠を登っていた。当時、一世を風靡した川口浩探検隊で有名な『水曜スペシャル』のためのロケだった。カイバル峠は、現在のパキスタン側のペシャワールとアフガニスタン側のカブールを結ぶ古来、交通および軍事の要衝（ようしょう）だった。紀元前１５００年頃のアーリア人のインド侵入、アレクサンドロス大王のインド侵入、さらにイスラム勢力のインド征服はこの峠を越えて行われた。


標高１０７０メートル。途中までは、舗装された道を車で向かい、最後の数キロは、石垣が左右にそびえる未舗装の「絵になる」道を進んだ。猪木といちろうは、寝袋や食料を入れたバックパックを背負い、子どもたちを引率した。

歴史が持つ特有の磁場が、みんなを高揚させていた。猪木さんは、リング上では見たことのないような穏やかな顔をしていた。

「いちろうくん、大丈夫？」

猪木さんとのハイキング、しかも、高尾山ではない、カイバル峠という異空間のせいか、いちろうは、足取りが軽やかだった。

子どもたちとちょっとした冒険をしたり、夕食を作ったりして、その日の撮影は終わった。みんなが、テントに入って寝静まると、いちろうは、焚き火の前で、猪木さんとふたりきりになった。

「自然はいいね。それにここは、アレクサンドロス大王が通った道だし、何か浮世と離れて死後の世界にいるようだ」

「死後の世界か。まだ、死にたくないですね。猪木さんは、怖くないですか？」

「この世のほうがよっぽど怖い」

わっはは、と豪快に笑った。

「パキスタンに単身乗り込んで、アクラム・ペールワンと戦って勝ったじゃないですか？観客は、全員ペールワンの味方。完全な敵役ですよね」

猪木さんは、1976年にパキスタンのカラチで、パキスタンの英雄アクラム・ペールワンと戦った。モハメド・アリとの戦いで世界に名を知られた猪木さんに、ペールワンが挑戦してきた。当初、顔見世興行のつもりでパキスタンに来た猪木陣営に告げられたのは、3分6ラウンドの真剣勝負だった。プロレスの投げ技など一切なし。ひたすらグラウンドの攻防になった。2ラウンド目にアクラムは、猪木さんの腕に歯形がつくほど嚙みついた。猪木さんは、反射的に親指で目を突き、戦意を喪失した相手にチキンウィング・アームロックをかけ、勝負は決した。アクラムは、最後の意地でギブアップせず、鈍い音を立てて腕が折れた。

一瞬の静寂の後、数千の観衆を完全に敵に回した。アントニオ猪木は、パキスタン国民の敵になったのだった。

「オレだって怖いよ。アリ戦にしたって。ただ、新しいことへの挑戦が、怖さにまさっちゃうんだよね」

「猪木さんは、いつも僕らの想像の上を行く。だから、みんな猪木信者になってしまう。猪木さんに夢を託してしまうんですよ」

「オレ、いちろうくんの実況、ファンだよ。ただ、あんだけ煽られると、オレを含めレスラーがつらいけどね。いちろうくんも挑戦したいものが、必ず現れる。そんときは、怖さなんか吹っ飛ぶ。覚えておいてよ、オレはそれを〝馬鹿の一本道〟って言ってるんだ」

「馬鹿の一本道、覚えておきます」

この言葉が、その後、自分にとっての助けになることを、いちろうはまだ知らなかった。

満天の星の下、焚き火がぱちぱちと音を立てていた。

ところが、自分の小ささに自分が嫌になる

喫茶店は、タバコの煙で霧がかかっているようだった。しかも、テーブルを囲んだ4人

の男も、それぞれ盛大に煙を吐き出していた。

口ひげをたくわえた大男のトモジが、週刊誌の編集者らしく、下ネタ。

「大阪のノーパン喫茶、スゴいことになってますよ」

いつもの薄ら笑いを浮かべて話し出した。

雑学の天才を自称する星山は、黒縁眼鏡の奥の目を輝かせて、

「ノーパン喫茶って、そんなにスゴいの？」

「大阪の梅田駅で、ノーパン喫茶の取材に行ったのよ。どうやって探そうかと思って、通りかがりの人に聞いたら、梅田駅前を指差すんだよね。で、そっち向くと、ノーパン喫茶の看板だらけ。大阪の人は、商機を見つけると動きが早い、早い」

「で、店はどんな感じ」

星山は、食いつく。この時代、「ノーパン喫茶」が世間の男の最大のトピックになって口コミの沸騰ワードとして躍っていたのだ。

「ふつーの喫茶店のウェイトレスが、ミニスカートで、ノーパンなの。店によって、床を鏡張りにしてるとこもあるけど、そういうところは、猥褻（わいせつ）物陳列罪になるから、ふつーのノーパン喫茶は、コーヒーとか注文して、ウェイトレスが前屈みになった時とか、チラリのチャンスを狙うわけ。バカみたいなんだけど楽しいね」

「東京にもできるかな？　掟破りの喫茶だね」

星山は、羨ましそうだ。

「いろいろ調べて、ノーパン喫茶の全国1号店を見つけたんだ。大阪じゃなく京都で、『ジャックと豆の木』って店で。そこのオヤジが、喫茶店やってたんだけど、ある日、もしウェイトレスがノーパンだったらと考えた。経営学の父ドラッカーじゃないよ。喫茶店のオヤジだよ。ウェイトレスがノーパンなのは犯罪じゃないし、なんかの拍子になんか見えても、お客は喜ぶし、あくまでアクシデントだからね」

「大発明、あるいはコロンブスの卵だ」

「なんでも、その店のオヤジ、京都の名家の血筋らしくて、金のためとはいえ、女衒みたいなことをして先祖に申し訳ないと、鴨川の河原に桜を植えたって言うんだ。ぜひ見に行ってくれって言われて行ってみたら、土手にちっちゃい桜の苗が植えてあった。よくホームセンターとかで、売っているようなやつ。あれでご先祖様、喜ぶのかな」

喫茶店内は、けっこうな大音量で、チェッカーズとか、キョンキョンがかかっていて、ノーパン、ノーパンの連呼もかき消される。

じっと目をつぶっていたサトさんが、目を開けた。

「トモジの情報は、いつも、オレみたいな真っ当な人間には入ってこねえ話だから、タメになるよ。ところで今日は、いちろうが話したいことがあるんで集まったんだよな。いちろう、なんか話あるんだろ」

「ちょっとわからないんですけど、プロレスの実況がウケていて、雑誌とか新聞とか取材のオファーがすごく増えて。でも、局の中だと以前と扱いは変わらず、スポーツ実況とかワイドショーのレポーターとか、おんなじなんですよね。なんか、ワイドショーの1コーナー任せるとかもないし……」

「つまり、世間と会社のお前に対する評価が、全然違うのに腹が立つってことか？」

「腹は立たないけど、調子に乗ってるかもしれないですけど、例えば、小さな番組でいいけど、司会したり、ラジオもやってみたりとか、なんか以前の自分にないような欲が出てきたんですよ」

「人間てのは、結局のところふたつの感情で成り立ってんだよ。恐怖と欲だ。お前は、もっと喋りの幅を広げたい、もっと有名になりたいって欲が出てきた。だけど、今の安定も捨てたくないだろ。オレになんて言ってもらいたいんだ？　オレは、お前が喜ぶようなことは言わないよ。お前自身が決めることだ。その腹がないから、悩んでるんだろ」

サトさんらしく有無を言わせぬ言葉に、心の中を見透かされた気がした。

いちろうは、自分の器が小さいことを、知っている。自分でも器の小ささは、ギネスに載るかもしれないと思っている。会う度に、「独立、独立」と連呼する星山。「儲かる、儲かる」というトモジ。担がれていやいや付き合っているサトさん。

《みんなで、オレを騙そうとしているのか。でも、なんのために?》

小さな器からこぼれる猜疑心。そんな自分がつくづく嫌になる。いちろうは、自分の器の小ささをむしろみんなに知ってもらいたくて、こう切り出した。

「アナウンサーでフリーになるって、NHKの大物アナウンサーが民放に三顧の礼で迎えられるってのはあるけど、僕みたいな民放の、しかもプロレス専門の若いアナウンサーが通用すると思います?」

器の小ささが伝わったのか、情けないものを見るように、サトさん、

「オレは、芸能界のこともアナウンサーのことも知らん。どうなるかなんてわからねえな。紅白歌合戦の司会者になるのか? 大塚マルマンの結婚式場の専属司会者『マルマンいちろう』になるのか? それは、お前さんの覚悟しだいで、お前さんを取り巻く景色が変わるんだよ」

いちろうは、それでも弱い自分のハラワタをさらし続けた。

「僕は、今、年収が850万円もあるんです。20代だったら、いい稼ぎですし、定年まで安定しているんです。だから、フリーになった時の収入も心配なんです」

サトさんは、うざいものが耳から入ってきたような、渋い顔をして、

「オレは20代で、人が一生かけても返せないほどの借金したよ。もうほとんど返したけど

な。金か……」

サトさんは、絞り出すように話した。

「オレの両親は、福島の常磐炭鉱の炭坑夫を仕切る仕事をしていたんだ。いい時代があったが、ちょうど、石炭から石油にエネルギーが変わる時に、バッタバッタと炭鉱は閉山していった。悪い時に悪い場所にいたってことだな。オヤジはその後ずっと貧乏で、早く逝ってしまった。具なしの味噌汁と菜っ葉の漬物で育ったけど、こんなに元気だし、高校まで出させてもらった。

オレは金が無くても生きていけるゴキブリみたいな人間だけど、いちろうは、どうやらそうじゃねえな。貧乏に慣れたオレは、感覚が変なのかもしれないけど、金のことは考えたこともないな。金のことばっかり考えていると、金の奴隷になる。自分のやりたいことをやり、自分の言いたいことも言えなくなる。お前さんが、独立するかどうかはわからないけど、金の奴隷だけにはなるなよ」

凍りついたその場を、星山が変えようとして、

「サトさん、いちろうは、喋りの天才です。そして、この私、星山は、タレントが売れる売れないを見抜く予知力の天才です。いちろうは、自分でもわかってるんです。サトさんのひと押しが欲しいだけなんです」

いつものボソボソとした滑舌の悪く低い声の星山が珍しく流れるように、高い声でハッ

キリと熱を込めて語った。

サトさんは、下を向いてニヤリとした。いちろうと星山の覚悟を見たかったのだろう。

「フリーだよ、フリー。ノーパン喫茶より儲かるよ」

トモジは、いつも、テキトーだ。

「私、星山は、いちろうと一緒にやります。放送作家を集めて放送作家軍団を作る。タレントと放送作家で作る事務所なんてないから、この事務所で、放送業界に殴り込む。わくわくするな。人生、長いようで短いから、一緒にやろうよ。社長は、サトさんにやってもらおう」

星山は、ヒートアップして、一気にまくし立てた。

「社長は勘弁してくれ。金じゃねーってさっき言ったばっかりだけど、オレの稼ぎいくらだと思ってんだ」

サトさんは、笑いながら言った。不動産会社を経営していて、スゴい稼ぎらしいということは、みんな知っていることだった。サトさんは、続けた。

「久しぶりに、元気な星山見たな。お前、働き過ぎなんじゃないか？　顔色も悪いし、絶対、医者に診てもらえよ」

兄貴と慕うサトさんに言われると、星山は弱い。

「最近、食欲なかったけど、今日は、なんか高揚して、焼き肉食べたくなった。焼き肉行こう、焼き肉」

「そういえば、天王寺に『ノーパン牛丼・ちちの屋』ってできたらしいね」

と、トモジの下ネタ情報を合図に、４人はそれぞれの思いを持って、焼き肉屋に繰り出した。

それから数日後、いちろうは、飲みに行く約束を、珍しく星山にドタキャンされた。仕切り直しで、さらに何日かたって星山と会うと、

「こないだはごめん。オレ調べてもらったら、ガンだった……」

敗れざる者としてのアントニオ猪木

人は誰しも、小舟にひとり乗り込み、
当てもなく、まだ見ぬ獲物を求めさすらう、さすらい人なのか?
1996年1・4東京ドーム。
満身創痍のアントニオ猪木と皇帝戦士ビッグバン・ベイダーが向かい合う。
ベイダーは、絶好調、ボディスラム!
ヘッドバット、ヘッドバット、ベイダーハンマー連打!
たまらず、猪木がダウン。
ベイダーがマスクを外した。やる気満々だ。
試合が動いた。ベイダーがバックを取る。
猪木がアームロック。しかしベイダーが強引に投げっ放しジャーマン!
衝撃的なジャーマンスープレックスに、会場のどよめきがやまない。
猪木が動かない。いや動けない、両目を閉じて口も半開き。
ベイダーが無理やり起こし、ベイダーハンマー、顔面パンチ!
だが、人間てやつは、猪木ってやつは、負けるようには、できていない。

叩き潰されることはあっても負けはしない。
今度は猪木を花道に放り投げる。
ベイダーも花道に出て「カモンイノキ！」
ベイダーが、ダウンしている猪木の顔面を殴りまくりながら日本語で
「ガンバッテー！　ガンバッテー！」
落日の猪木への嘲笑なのかっ？
猪木がアリキック、アリキック、アリキック、
延髄斬り！
怒りの猪木が追う。ドームが揺れる大歓声。
ベイダーが大流血。猪木が椅子でベイダーの脳天を殴打！
猪木が鉄拳、鉄拳、鉄拳、延髄斬り！　リング上。ベイダーの割れた額に
猪木が鉄拳！　ベイダーハンマー！
猪木が鉄拳、鉄拳、鉄拳！
ベイダーハンマー、エルボー、ベイダーが胴絞めスリーパー！
これは苦しい。猪木が苦悶の表情。
猪木のまぶたが紫色に腫れあがっている。
1発目のジャーマンで急角度で落下し、

己の目の上を己の膝で痛打してしまいました。
猪木コールが起こる。ベイダーがヘッドバット、ベイダーハンマー連打！
ベイダーがパワーボムを狙うが猪木がバックに回って
延髄斬り……をよけたベイダーがエルボードロップ！
勝負に出たか。ベイダーがボディスラムで叩きつけ、
セカンドロープからビッグバンクラッシュ！
猪木をコーナーに飛ばしてベイダーが突進！
ベイダーアタック！
まさに圧殺刑だ。もう一度猪木をコーナーに飛ばして
ベイダーが突進するが、かわす猪木がボディスラムでベイダーを投げ、
必殺腕十字固め！
ベイダーが暴れるが技は抜けない。
ベイダーの肘がねじれている。ベイダーが苦悶の表情。ベイダーがタップアウト！
ファンは狂喜乱舞だ。
アントニオ猪木、敗れざる者。
猪木は、戦慄の肉体言語であり、豊穣の肉体文学だった。

この試合は、いちろうが、プロレス実況をやめた後の試合。全盛期をとうに過ぎた、アントニオ猪木が、燃え尽きる寸前の気力をかき集めて臨んだ試合だった。死に向かって闘い続ける。最大の敵と闘っている。その姿に、感動した、涙が流れた。いちろうは、テレビの前で、14歳に戻っていた。

ちなみに、アンドレとパチンコを語る

札幌の中島体育センターでの中継前に、いちろうは、昼メシを食べようと、すすきのを歩いていると、パチンコ店の前を通り過ぎた。店の入り口に目をやると、アンドレ・ザ・ジャイアントが、パチンコ台の前に座っていた。

アンドレは、ビールとワインとパチンコに目がない。ワインに関しては、ロサンゼルスから、成田までのフライトで、機内サービスの赤ワインを全部飲んでしまったというエピソードがある。

いちろうが、店の入り口のガラス扉越しに中を覗くと、アンドレと目があった。アンドレは、手招きした。

2メートル23センチあるアンドレは、椅子に座らず、床に座ってパチンコをする。それでも、隣の椅子に座ったいちろうより目の位置が高い。

「調子どう？　アンドレ」

「ぼちぼちでおます」

アンドレはイタズラっぽく笑った。それにしても、スゴい髪の量だ。3人がかりくらいで散髪するのかな？　なんて、ぼんやり思った。

「パチンコ大好きぞな。プロレスは嫌いやん。痛いから」

うふふ、とアンドレ。

「僕ちゃん、パチンコとお酒大好きちゃん」

「アンドレ、昔はお酒飲まなかったって聞いたけど」

「そうだがや。でも、昔のアンドレ痩せっぽちだったん。背が高いのに痩せっぽち。弱いレスラーやった。お酒飲むと太れるって聞いて、飲み始めたやん」

「今のアンドレ、縦にも横にもデカくて、たぶん、世界一デカいと思うよ。もう、お酒飲まなくても、大丈夫だよ」

「それが、うまくいかんのよ。お酒が、アンドレを好きになっちゃったんよ。アンドレが、お酒嫌いちゅーても、お酒のほうが別れてくれんのよ。世の中、うまくいかんのう、われ」

ぐふふふふ、と低い笑い声。

そうこうするうちに、チンジャラジャラジャラ。大当たりが来た。

「プロレス嫌いだけど、ムッシュイノキ好きだなん。お金いっぱいくれる」

「僕も猪木さん好きだよ」

「お金くれるの？」

「好きって、お金だけじゃないんだ」

「そう、僕もお金、そんなに好きじゃないね。パチンコと同じ、あっても、すぐなくなる。パチンコって玉が増えるのも面白いし、なくなるのも面白い。やっぱり、プロレス好きかもねん。体触りたがるファンもいるし、逃げ回るファンもいる。友だちみたい」

「アンドレ人気あるもんね」

「あ、また大当たり！　これじゃ試合、遅れちゃうかもやん。イチロウ、よろしく言っといてよん」

アンドレを後に残して、いちろうは、パチンコ屋を出た。

「やっぱり、海鮮丼食ってくかなぁ」

むしろ、売れてきてアダルトビデオまで

人は、誰かに認めてもらいたい厄介な生き物なのだ。そして、誰かに認められることによって、何者かになる。

当たり前の話だが、実況アナウンサー。それもプロレス実況。社内でも、社外でも、そ

の頃、何ひとつ注目されていなかった頃だ。

いちろうは、ついに発見された。発見者は、景山民夫。

景山は、当時、『11PM』『クイズダービー』など12もの番組を持つ超売れっ子放送作家。エッセイストとしても何本もの連載を持ち、のちに小説を書いては直木賞をとるという、才人中の才人だった。その景山が、

「六本木テレビのふるたちいちろうアナウンサーは天才である」

という8ページぶち抜きの評論を『月刊宝島』に書いてくれたのだ。

景山民夫という有名な放送作家がいるっていうのは、耳にしたことはあるけれど、いちろうは、会ったこともなかった。高田文夫に景山民夫は、その当時売れまくっている放送作家の2大巨頭で、同じテレビ業界として知識はあったけれど、局アナのいちろうとは、まったく接点がなかった。

その景山民夫という人が、なぜだかわからないけど、「いちろうアナウンサーは天才である」と書いてくれたのだ。

「なぜいちろうは、われわれ構成作家みたいなのがついてないスポーツ実況アナなのに、こんなにも湯水のように面白くしゃべれるのか？　インテリジェンス・モンスター、アドリアン・アドニスだの、現代に蘇ったネプチューン、三叉の槍を携えたハルク・ホーガンだの、そのフレージングは、どこから出てくるのかわからない。まさに、いちろうは、天

才だ!」という賛辞を8ページにわたって書いてくれている。

タイガーマスクの実況で「四次元プロレス」「闘いのワンダーランド」だとか、感じるままを言葉にして喋っていたら、インカムをつけたいちろうみたいな実況アナが、そのまんまのフレーズを喋っている絵がプロレス漫画に載ったりし始めていて嬉しかったが、それでも半信半疑。そこに、景山民夫に天才だと持ち上げられ、「これは勲章だ」と、また背中が渦を巻くように痺れたのだ。

当時いちろうは、自分で車を運転して会社に行っていて、本当は社員は使っちゃいけないのに、会社の駐車場の一番はずれに停めていた。車のダッシュボードには、その『月刊宝島』を開いてその記事を御守りのように立て掛けて固定した。まるでタクシードライバーの㊝の誇らしげなエンブレムのように。しかも、それを自分自身に見せつけていた。

社内の見る目は変わらなかったけれど、世間の注目度が、目に見えて上がった。最初はプロレス雑誌、スポーツ新聞の取材が増えてきたが、だんだん、一般雑誌のインタビューが毎月何本か入るようになる。生まれて初めて、「自分はイケてるぞ、今‼」と武者震いする毎日が流れた。毎日がハイだった。

約束の時間に星山のマンションを訪ねると、ドアにメモ書きが貼ってあった。

「近くで、飲んでます」

いちろうは、あの店かなこの店かなと、心当たりを覗いてみるけれど、どこにもいない。もう一軒、いそうな店のドアを開けてみるが、いない。街の風は、暦とは違って、まだまだ冷たい。

入れ違いになったかなと思い、星山のマンションに戻ろうとすると、公園の街灯の下が何やら騒がしい。目を凝らすと、ホームレスの人たちが酒盛りをしている。さらによく見ると忘れもしない、大きくて丸い背中。星山が、ホームレスの人たちと車座になっている。

「何してんの、星山?」

「あ、いちろう。みんなと宴会してんだ。一緒に飲まない?」

こいつ、かまそうとしてんのか、伝説でも作ろうとしているのか?

芸能界には、高度経済成長期を盛り上げたクレイジーキャッツの谷啓伝説があって、自宅が火事で全焼した谷啓を心配した知人が駆けつけると、焼け跡に段ボールを敷き、何事もなかったように、谷さん一家が家族マージャンをしていたというエピソードがある。

「みんなに、心配をかけたくなかった」からららしい。これぞ「ガチョーン」だ。

星山は、顔が広い。ホームレスにまで顔が広いところを見せて、いちろうを驚かそうとしていたのかもしれない。

いちろうは、みくびられまいとして、宴会に加わった。これまた生まれて初めての経験。

星山が用意した一升瓶が真ん中に置かれて、新聞紙の上に枝豆、焼き鳥や乾き物のつまみが広げられている。宴会は、盛り上がっている。

段ボールの座布団に座ったいちろうを、星山は、ホームレスの人たちに紹介した。

「こちらは、いちろう。今、人気絶頂のプロレスの実況アナウンサーなんだ、カンギンさん知ってる?」

「すいませーん。テレビ見ないんで、知りません。僕が知ってるのは、力道山とかシャープ兄弟」

カンギンさんは、元銀行マンで、真面目そうな顔をしている。

「オレ知ってるよ、電気屋のテレビで見た。ガーッて喋るやつでしょ。オレは猪木派だね」

元ネジ屋のミンさん。ホームレス歴20年。

「オレも知ってる。拾った新聞であんたのこと読んだ。テレビは、見てないけど、プロレスは、いつもチェックしてる。悪いけど、馬場派なんだよね、オレ」

とゴルビーさん。ハゲっぷりが、ソ連のゴルバチョフ書記長に似ている。旅ホームレスで、暖かいところを探しながら、全国を移動して、時々仕事に就く。パートタイム・ホームレスでもある。そういえば、猪木さんも「人生のホームレス」だ。いちろうが飲んでいる時に猪木さんにつけたフレーズだが、猪木さんは、すごく気に入ってくれた。

「今度、いちろうが会社を辞めて、オレと一緒に事務所やるんだ」

と星山が勝手なことを言う。

「そうですか、私も会社勤めだったんですけどね、ある日、どうしても会社に行けなくなった。どう頑張っても、足が動かない。なんかが、プチンと弾（はじ）けて、会社に行かずに引きこもって、お金もなくなってホームレスになったんだよね。今は悩みもなくて、比額的幸せなんですよ。あなたも辞めたら、スッキリしますすよ。私の意見ですけど」

カンギンさんは、人生の先輩としてアドバイスしてくれた。そうじゃないんだけど、といちろうは言いかけた。すると、元ネジ屋のミンさんが、

「オレは、宿泊施設を世話してもらったり、職業訓練を受けさせてもらったりしたけど、結局、続かない。みんな、なんでだって言うんだけど、なんでかわかんないけどダメなんだ。どうしても、人とうまくやったり、決められた時間、働くのが無理なんだ。そういう種類の人間なんだな。決められた仕事ができる人間とそうでない人間。2種類の人間がいるんだよ」

オレは、決められた仕事をするけど、その枠を飛び出したい気持ちがある。いちろうは、自分は元ネジ屋のミンさんが言う2種類の人間とは別の、3種類目の人間かもと思った。

「オレはさ、働くのが正常で、働かないのが異常ってのがわからないね。原始時代なんて、会社なんかなかった。みんな腹空かしてゴロゴロして、時々、狩りして、みんなであるもん分け合って。それでよかったんだよ。生まれた時代、間違ったね」

さすが、ゴルビー。原始共産主義みたいなことを言う。

「いちろう、大切なのは自由だよ。お前は、今、組織に縛られてる。会社辞めたら、自由が手に入るんだ」

星山は適当なことをいう。

「私、銀行員時代、片頭痛と胃の痛みに悩まされてたんだけど、この生活始めたら、どこも痛くない。健康なんです。やっぱり、人間を痛めつけるのは、人間関係なんですよ。私は、時々、星山さんやみんなと宴会したりしますが、この公園にも、ホームレス同士でも関係を持たない人もたくさんいます。そういう人は、人間関係によほど傷ついているんじゃないかな」

とカンギンさん。

「それに、ホームレスも悪くないよ。今、バブルだって言うじゃない。そこらじゅうに、手つかずの弁当とか食い物があって、酒も転がっている。笑える話だけど、銀座のホームレスが、アル中になったらしい。ほんと、気をつけないと、成人病になっちゃうよ……よし、気分がいいから唄っちゃおう」

〜♫歩ーき疲れては……草に埋もれて寝たーのでーす♪〜

と、旅ホームレスのゴルビーさんが、高田渡の『生活の柄』を唄い出す。

「決まったな、会社辞めろよ。失敗しても、ホームレスになればいいんだから。みんなと知り合ったのも何かの縁だから、どうやっても生きていけるよ」

星山は、すぐに飛躍したことを言う。飛躍したいと強く思ってるやつに言ってるんだから、正しいことを言っていると思った。

いちろうは、紙コップの酒をグッと飲み干すと、夜空を見上げた。空が澄んでいる。満天の星の瞬きと、ホームレスの人たちの話が交錯して、自分の悩みが小さなものに思えた。

カンギンさんが、段ボールの切れ端とボールペンを差し出して、「お兄さん、有名になるらしいから、サインして」と言ってきた。

いちろうは、最近練習している新しいサインを、ちょっと、気合いを込めて書いた。

土曜日の閑散とした夕暮れ時の六本木テレビ本館4階、アナウンス部の中にタモリさんがマイクを持って入ってきた。とても不思議な光景だった。

「毎度おなじみ、流浪の番組『タモリ倶楽部』です。今日は、六本木テレビのアナウンス部なんていうところにお邪魔しております」と言って入ってきた。

もちろん段取りはディレクターから聞いていた。いちろうはポツンと待っていた。奥にアナウンス部長がいて、

「なんでしょうか？」

って、お約束の一言。アナウンス部長もそういう時だけはノッて、渾身の演技をする。

「タモリというもんでございますけど、なんかプロレスの実況でめちゃめちゃへんてこりんで面白いことを言ってる、いちろうアナウンサーは、いらっしゃいますか？」

「はい、わたくしでありますが、どうしたことでしょうか？」

と、実況気味の口調で立ち上がる。

「あ、いちろうさんですか。初めましてで、顔はわからなかったんですけど、ちょっとこれから、麻布十番かなんかぶっつけで行って、実況中継とかしてもらえる？」

「もちろんですって。もうすでにその構成は聞いております」

「いや、そういうこと言っちゃダメだよ」と笑いながらタモリが言う、という段取りで、ＡＤが首から下げる大きな画板を持ってきた。「いちろう、無限実況担当」と書いてある。

「じゃあ、こういうのを、ここちょっと紐で下げてもらって、ここから実況と、私、解説っていうことでいいですか？」と、いつもの脱力系のタモリさん。いちろうのような気負いなど、とっくの昔に置いてきているスゴい人だ、といちろうは、間近で実感した。

「かしこまりました。じゃあ、こっから突入いたしましょう。アナウンス部長、突然の業務、行ってまいります」


と言ったそばから、わたくしは実況を始めております！

解説タモリさんとともに、エレベーター前にやって来た。

これから1階まで、上りと下りを無限に繰り返す
文明の利器エレベーターに搭乗しようという局面だ。
希代のエンターテイナー、芸のゴジラ・タモリさんと今、1階に降り立ったあー。
右手に受付嬢が3人座っている。
やはり受付でずっと座っていると冷え性になるんでしょうか、タモリさん！

「タータンチェックの膝掛けが見えますね。
えー、膝掛けは、だいたいタータンチェックと相場は決まってますからね」

なるほど、タモリさんの当意即妙な分析を聞きながら、
我々の二足歩行は麻布十番へと一緒に向かう車に接近していく。
おっと、正面玄関にワンボックスカーが鎮座ましましています。
さあ、商店街という暮らしのための一大テーマパークへ出陣していく。
早くも麻布十番に降り立った。向こうにたい焼き屋が……、
タモリさん、たい焼き屋方面に行きますか？
麻布十番温泉がありますが、どちらにするか、ここが分水嶺（ぶんすいれい）だあ。

「うーん、まず麻布十番温泉からぶっつけで行きますか」

おおっと、タモリさん、ちょっと危ないですよ。
小さな、これはオート三輪というには一輪多い、
四輪でありますが、軽自動車と言ったほうがいいのか、
目の前に移動の八百屋さんがヌッと出現。
麻布十番祭りというのがありますが、
昔からの下町とは聞いておりますが、
豆源とか、なかなかお洒落な煎餅屋もある中におきまして、
タモリさん、田舎じゃあるまいし、
こんな移動の八百屋さんがあるとは知りませんでしたね。

「そうですね、これびっくりしますね。
麻布十番から、限界集落にワープした感じが牧歌的でもありますね」

どこからともなく、地元の奥様たちが湧いてまいりまして、
この店は品質がいいものをいっぱい仕入れているのよ、などとつぶやいています。

おおっと、ご主人が近寄ってまいりました。
ニンジンを勧めてきました。
ニンジンを匕首(あいくち)のようにわれわれに突きつけてきた。
タモリさん、どうしますか？

「いや、ダイコンにしましょう」

ダイコン取りました、買いますか？

「これは、いちろうさん、今、根菜を購入しても荷物になるんで、次回にしましょう。
さあ、それより、温泉行きましょう」

われわれ一同、温泉に突入いたしました。
番台を無軌道に越えて、脱衣場を踏み越えて、勝手にタイル張りの洗い場に突入！
白い湯けむりが、わたくしと解説タモリさんの全身を産着のようにくるんだぁ。
小さな鏡の前で、職人気質をみなぎらせた初老の男性、
前かがみで短髪の脳天から後頭部まわりを洗っている!!

湯けむりの中、己の真後ろでわたくしが大声を上げている。
そして、あまりにも有名なタモリさんが解説で語っている。
それにもかかわらず、こちらの男性は振り向きもせず、洗っている。
おーっとしかも、シャンプーじゃないぞ。
固形石鹸でこの短髪を洗いまくっている。
頭皮が喜んでいる!! タモリさん、どうですか?

「あ、ちょうど、いちろうさん、見てください。
このね、脳天の辺りにまだ泡が残ってる。これを富士の白雪といいます」

この指摘こそ、天才芸人の真骨頂だ。
どんなアドリブが出てくるか予想不能。
猪木が肉体言語なら、タモリは芸能言語の塊だあ。
今、完全に洗い流しまして、下半身丸出しで熱い湯舟に向かっていきます。
マイペースだ。無愛想な職人気質だあ!!

この番組の構成は、あの景山民夫。またも、いちろうを引き上げてくれた。この番組は、ディープでマニアックなファンが支えている番組で、プロレスファンにもシンクロする。たたみ込むプロレス実況という形を利用しつつ、まったく関係ない事象を実況する。もしかしたら、これは喋りの必殺技かもしれない、舌先のストロング・スタイルかもしれない、といちろうは思った。実況アナでありながら、ちょっとしたタレント気分を味わった。

この放送、タモリさんも喜んでくれた。「ひとり世論調査」と言うべき多くの人たちの支持を得ているタモリさんが面白がるなら、『タモリ倶楽部』を見た人は面白いと思ってくれている。たまらなかった。雑誌取材も増えて、局アナなのに漫画の原作までやるようになった。『東大一直線』で大人気の小林よしのりと、週1回打ち合わせして、『おーっと、フル・タッチ!』という漫画の原作を書いた。いちろうの名前は、確実に売れてきた。

当時、ベータマックスとVHSが半分ずつ並んでいたレンタルビデオショップで、アダルトビデオを借りた。家に帰ってそのAVを見たら、いちろうと同じべっこう色の、同じセルフレームの眼鏡をかけた司会者が、

「こんばんは。わたくし、司会のふるちんたち・イチローです」って、パロディのアダルトビデオだった。

「アシスタントの女性アナウンサー、わたくし、させいくよです」

ふたりのネームプレートが、ダサく並んでいる。

「それでは、まず最初のコーナー、わたくしとさせいくよさんでセックスをします」と言っ

て、ＭＣ台でガンガンセックスするビデオを見た。

「わたくし、ふるちんたち・イチロー、今、挿入しました」と、下手な実況だった。

実況は、自分のほうがうまいと思いながらも、真剣にＡＶに見入った。ＡＶでモジられるとは、オレも市民権を得たな。前後に動かしているいちろうの左手が、また痺れ始めた。

思えば、手を開かなければ新しいものはつかめない

待ち合わせは、舞浜駅だった。なんでなんだろう。この夢の国とは、まったくマッチしないコワモテのサトさんと、ちょっと小太りで黒眼鏡という、アニメキャラっぽい星山が待っていた。

「サトさん、大事な話するのに、なんで、ここなんですか」

「ディズニーランドといえば、まず、ビッグサンダー・マウンテンだろ」

ビッグサンダー・マウンテンで振り回されて、二日酔いのいちろうは、降りるや否や、トイレに駆け込んだ。

星山は、クマのプーさんの大きな紙コップからポップコーンをむしゃむしゃ食べている。

「決めたのか？」

サトさんが、ブラックコーヒーを飲みながら、いちろうの目を見て切り出した。

「自信がないんです。フリーアナウンサーなんて、もっと有名なアナウンサーでも成功は難しいんですよね。それをオレなんかが」

「誰かの話をしているわけじゃないんだよ。お前だよ。お前がやるかやらないかなんだ」

いつの間にか、ミッキーのカチューシャをして、ピザを食べながら、星山がうなずく。

「いちろう、一緒にやろうよ」

星山は、ピザを4切れ重ねて食べている。なんだか、真剣に悩んでるのがバカらしくなってくる。

「星山、オレの人生の分かれ道なんだよ。なんでお前、ピザ食ってんだよ。しかも、パスタも頼んで……っていうか、ミッキーのカチューシャ、意味わかんないよ」

「初めてなんだよ、ここ。絶対、ここに来たら、ミッキーのカチューシャして、ポップコーン食べようと思ってたんだ。やっぱ、楽しまないと損じゃん」

道化(どうけ)ている星山は、場をなごませようとしていたのかもしれない。

「星山も、たまにいいこと言うな。そう、楽しまなくちゃ。いちろう、お前、なんのために生まれてきたんだ？　楽しむためじゃないの。成功すれば楽しいし、失敗して苦しむのも、楽しいよな。失敗を乗り越えるのも、意外と楽しいじゃないか。人生は、冥土に行くまでの暇つぶし。遊びをせんとや生まれけむ、だ」

サトさんは、いつもぶれない。それに比べてオレは小さい、といちろうは、思う。

星山は、今度はパスタを口に入れながら、

「オレ、いちろうの企画いっぱいあるんだ。プロレス以外の実況。トーク番組。バラエティの司会。アメリカみたいなトーク&ミュージックショーとか。実はオレ、ムダにギョーカイに顔広いだろう。実はもう、いくつかテレビ局のプロデューサーに当たってんだ。かなり手応えあるんだよ」

星山は、そう言うと、チキンナゲットを買いに席を立った。

「サトさん、ほんとに、できますかね、オレ？」

「そう聞くやつには、もう答えはある。今ある局アナの立場って、そんなに大事なもんかね？ 才能ないやつにそんなこと言わないよ。お前も、自分の才能に気づいているんだろ」

「やってみたい気持ちは、あります。でも……」

「放てば手に満てりって、知ってるかい。道元の言葉なんだけど。手を握りっぱなしじゃ、新しいものは手に入れられない。手を開くから、新しいものをつかめるんだ」

サトさんはいちろうに、リスクを取って勝負に出る局面が人生には1回はあるんだということを教えてくれた。胸が熱くなった。

「今あるものも手放さず、何かを手に入れるのって、虫が良すぎるんですね」

「やるか」とサトさん。

「やろうよ」

いつの間にか席に戻ってきた星山が、チキンナゲットを頬張りながら言った。

いちろうは、サトさんに「会社辞めます。お願いします」とハッキリ答えた。

かつて猪木さんに人生を闘いながら強く生きることを教えてもらった。今度はサトさんに腹を決めて踏み出すタイミングを人生で初めて教えてもらった。

「よし、決まりだ。次はスペース・マウンテンだな」

二日酔いのいちろうには、アリスのティーパーティーが、限界だった。

だから、屋上のお稲荷さんに祈願する

六本木テレビの屋上の一角にある小さなお稲荷さんの社の前で、いちろうと北貴美子が座って話をしている。社の前には、ちょっとしたベンチが置いてあり、休憩ができるようになっていた。天気がいい日には、いちろうはその場所に、タバコを吸いにやってきた。

お稲荷さんは、いつしかアナウンス部の同期9人のたまり場のようになっていた。

タバコを吸う者も、吸わない者も時間があると、そこで休んで、たわいもない上司の悪口から将来の夢まで、なんとなく語り合う場所だった。

「話って何よ、いっちゃん？」

どうやって切り出そうかと思っていると、貴美子らしく、直球の質問が来た。フリーア

ナウンサーになる決意をしたいちろうは、同期の中でも貴美子にだけは真っ先に報告したいと思っていた。この日は、「ちょっと話がある」と貴美子を屋上に誘ったのだ。

「実はね、キミちゃん、オレ、独立してフリーアナウンサーになることに決めたんだ」

「……やっぱり、決心したのね、いっちゃん」

「オレみたいにプロレス専門の狭い世界で生きている人間が、フリーになって本当にやっていけるのか不安もいっぱいあるけど、たとえ、大塚マルマン結婚式場の専属司会者『マルマンいちろう』になってもいいから、どうしても勝負してみたくなったんだ」

貴美子は、しばらくいちろうに声をかける言葉を探してから、こう言った。

「先を越されたわね！　やられたわ。でも、私より先に独立するんだから、絶対に成功しないと許さないわよ。紅白歌合戦の司会者になりなさいよ、いいわね！『マルマンいちろう』になったら、罰として私の結婚式はノーギャラで司会させるわよ」

貴美子らしい手荒い激励に、いちろうは、いつになく神妙な声で言った。

「キミちゃんには、同期の仲間の中でも最初にこのことを話したかったんだ。キミちゃんはオレたち同期の中で真っ先に売れたし、どうやっても勝てないパワーに圧倒された。オレがプロレスの実況でなんとか名前が売れるようになったのも、先を行くキミちゃんの背中を、マラソンの平和島の折り返し口のように眺め続けていたから今があると思うんだ。オレには、キミちゃんみたいにオジサマをクールに転がすことはできないけどね」

「失礼ね！　オジサマ転がすだけで、ここまでやってきたわけじゃないわよ。毎晩のように、オジサマと飲んだのは確かだけど」

「わかってるよ。スゴい努力をしてるのも知っている。芸能人でも有名作家でもいじりながら話題を広げる話術も磨いていった。スゴいなと思って見てたよ。アナウンサーとして自分が持っていないものを、キミちゃんが全部、見せつけてくれたんだ。だからこそオレは、それとは別の道で、自分だけの実況を作りたいと頑張ってきた。フリーになろうと決めた。だから、感謝してるんだ」

「いっちゃん。なんか、嬉しいわ。嬉しいけど、くやしいわ。私もいっちゃんが、自分のスタイルを作るために、スゴい努力しているのを知っている。私はまだこの先どうするか決めていないけれど、もしかしたら、いっちゃんの後に続くかもしれないわね。いっちゃんの新しいスタートの大成功を祈って、お稲荷さんにお参りしましょう。お互い、キリスト教の学校出身だから、お参りの効き目は弱いかもしれないけどね」

いちろうと貴美子は、それから並んで、お稲荷さんに二礼、二拍手、一礼をした。

やっぱり、小さな会社が船出する

1984年、いちろうは、辞表を出した。辞表には、「願い」ではなく「届け」と書いた。

不退転の決意を表したのだ。慰留された時、なんて言うかまでを考えていた。

　ところが、受け取った部長は、

「そうか、ふーん。これから、苦労するぞ」

　と言いながら、デスクの引き出しにポイと入れた。慰留などまったくなかった。自分の価値がその程度のものなのか、むしろ、ハッキリと次に進める気がして、やる気が湧いた。

　前に進むとは、それまでの自分を勢いよく捨てることなんだ。その思いがマグマのように体の底から湧いてきたのだ。人の生き方というものに、オリジナルなどない。節目節目に予告編を映してくれる人のおかげで、ナビゲートされているだけなんだ、と悟る。昂(たかぶ)る感情を抑えるため、社屋の屋上に上がって、風に当たりたいと思った。

　屋上に出て、六本木の街を眺めると、何か叫びたい気分になった。何をという前に口上の言葉が出た。

　わたくし、生まれも育ちも、北区滝野川!!
滝野川の稲荷湯というひなびた湯屋で産湯を使い、
姓はふるたち、名はいちろう。
人呼んで、喋り屋のいちろうと発します!!
いちろうという語呂合わせ。数字でひとつ。

一という数字はいいなあ、一は万物の始まり。
ものの始まりが一ならば、国の始まりは大和国、島の始まりは淡路島。
プロレスの始まりが力道山なら、
ストロング・プロレスの始まりは、アントニオ猪木！
一にもうひとつおまけして二。
にっき弾正憎いやつ。日光けっこう東照宮。
二は憎き悪役レスラー、毒針攻撃アブドラ・ザ・ブッチャー。
下駄を片手の馬之助。スター揃いの悪役レスラー。
キラー・カーンは、日本人！
もうひとつつけて三。
三十三は女の大厄、産で死んだが三島のおせん。
三三六法引くべからず。
サトさんは度胸、星山は愛嬌。
できればそのふたつ、いっそまとめていただけりゃ、
オイラのフリー人生、順風満帆だあ。
前に進むにゃ、過去が親。
辿った道筋ふり返りゃ、みんながオイラを育ててくれた。

誰が呼んだか、世界の荒鷲。坂口征二は、強すぎる。
デカさと力で世界を倒す。馬力自慢の柔道家。
言ってることがまとまんない！
四で、四次元殺法、タイガーマスク。
猪木怒りの延髄斬り、長州藤波数え歌。
まくって、叫んで早7年。歌うは語れ、語るは歌えだ。
今回故あって、マイク一本旅がらす。未熟者の駆け出しではございますが、
以後、皆々様には、万事万端宜しくお頼み申し上げます！　ときたもんだ!!

自然に出てくる、啖呵売。六本木テレビの屋上で、絶叫した。戻る橋は落とした。後は野となれ山となれ、と清々しい気分になった。屋上から、今一度、東京タワー、六本木交差点と、ぐるり見渡した。すると、ネルのパジャマ姿の男が、寝ぼけたような顔をして、玄関に向かって放尿していた。

その1週間後。株式会社いちろうプロジェクトは、船出した。市ヶ谷の借りたばかりのオフィスに、社長のサトさん、星山、放送作家、マネージャー、経理……そして、いちろうだけの7人の小さな会社が、船出した。

それでも、哀しいお別れ

親父のクラウンで、新宿大ガード近くに住む星山を迎えに行った。星山は、新宿のマンションでひとり暮らし。星山の提案で、ふたりで旅行に行くことになった。目的地は、近場しか思い浮かばず、山中湖になった。いちろうも偶然休みが取れ、星山もアシスタントが何人かいて、仕事を任せたらしい。男ふたりのドライブで目指す山中湖は、なんとなく気恥ずかしく、黙って中央高速を走った。

「右にビール工場。左に競馬場だよな」と星山。

「左がビール工場じゃなかった？」といちろう。

「上りか下りかによるよな」

この会話は、いったい何人が交わしたことだろう。

「いちろう、かえってごめんね。会社辞めるのけしかけといて、オレが具合悪くなっちゃって」

「オレとサトさんで、なんとか頑張るよ。お前、仕事、なんでもかんでも受け過ぎなんだよ。今はとことん休むのが、お前のやるべきことだよ。あ、なんかオレ、普通のこと言ってる。恥ずかしいこと言わせんなよ」

「だなぁ」

星山は、富士山をぼんやり眺めている。

「ところで、今日はどうする？」

「キャンプ場予約したんだ。湖畔でバーベキューやろうぜ」

そういえば、車のトランクに星山は、なんかいろいろ積んでいたようだ。

「星山、キャンプって慣れてるの？」

「いや、アウトドアといやー、ホームレスとの公園の宴会は何回もやってるけど、キャンプは初めて。オレ、大学生の時からテレビとかラジオで、バイト兼放送作家してたろ。なんか、大学生っぽいことしたいんだ」

「今どき、大学生はキャンプなんかしないよ。ペンション泊まってテニスするんだよ。キャンプは高校生」

「そうなんだ。オレ、北海道から来て大学は籍を置いてただけだから。オレの青春、高校生で止まってんだ。いちろう、オレの青春に付き合って」

人懐こい笑顔を、運転席のいちろうに向けた。

山中湖で、バーベキューをして、締めは飯盒（はんごう）の飯にボンカレー。お互い、ビールを３本ずつ飲んだ。

満月だった。夜の湖面を照らして、さざなみがきらめいていた。突然、巨大なブラックバスが、湖面から飛び出して大きな弧を描きながら、飛沫をあげて湖に消えた。

まるで、「オレはここにいる、オレは生きている」と、言っているようだった。

いちろうにとっては、久しぶり。星山にとっては、初めてのテントで、並んで飲んだ。

6月といっても、まだ肌寒く、ふたりは、毛布をかぶってビール片手に語り合う。

「さっきのブラックバス見た？　なんか、生命の象徴みたいな感じがしなかった？」

「生命そのものって感じだったな」

「オレに、あの生命力あるかなぁ。なんか、自分が弱っていくのを感じるんだよ」

「生命力なんて、ある時、弱って、ある時、強くなるんだよ。手術の準備できてるんだろ。今どきは、ガンもそんなに恐ろしい病気じゃなくなってきたよ。それにお前、あのブラックバスじゃないけど、持ってる生命力スゴいよ」

「オレも自分でも生命力すごくあると思ってた。でも、今回はなんか、戦う力みたいのが湧いてこないんだ」

「疲れてるんだ、疲れもあるんだよ」

「いちろう、頼みがあるんだ」

星山は、改まった口調になった。

「サトさんの力になってやってくれ。サトさんは、オレの兄貴というか、オヤジというか、恩人なんだ。オレがサトさんのいた事務所に出入りしてる時に出会って、この人について行こうって決めたんだ。オレは北海道にオフクロがいるだけで、オヤジはオレが小さい頃に出て行って、よく知らない。ずーっと普通の家族に憧れていたんだけど、東京に出てきてサトさんに会った時に変わった。この人がオレのオヤジだったらって、ひと目見て思った。この人を軸に家族ができるかなって企画を考えちゃったんだ。年齢的にオヤジは悪いから、兄貴になってもらったんだ。

いつも『星山食えてるか?』って、家で飯食わせてくれて、居候してた時期もあったよ。サトさんになんの恩返しもしてないんだ。いちろう、サトさん頼むよ」

「でも、オレがサトさんに世話になってんのに……」

「そうじゃないんだ。オレやいちろうの夢を達成するために力貸してください!! って、無理やり頼んだんだから、オレがいなくなってもいちろうが頑張って、サトさんとオレらの夢を達成してくれ!! って思うんだよ。オレ、命がまだたっぷりありそうなサトさんといちろうが、うらやましくてしょうがないんだよ……」

星山は、肩を震わせ、目に涙を浮かべて、いちろうの手を握った。

「わかった。ただ、条件がある。オレをお前の兄弟にしろ。そしたらサトさんはオレの兄貴だ。兄貴を頼りに、オレは突っ走って行くよ、必ず。星山は、今は治療に専念してくれ」

星山が肩に手を回してきた。そのまま、肩を組んで、いつの間にかふたりは、テントの中で眠り込んだ。

湖面ではブラックバスが、もう一度飛び上がり、弧を描いて湖にまた沈んで行った。

福島へ向かう東北新幹線の窓に、大粒の雨が打ち付けていた。余命3ヶ月。この世にこれ以上に残酷な言葉があるだろうか。

逝くものはかくの如きかな、昼夜をおかず。

漆黒の窓に、星山の満面の笑顔が浮かぶ。人懐っこい顔で、

「いちろう、テレビって今のまま続くのかなぁ。子ども、動物、グルメ。テレビ局の入り口に、視聴率『ラーメン特番23%』『チャーハン特番21%』『餃子特番20%』って、でっかく貼り出してあるの見ると、町中華だかなんだか、わかんないよ。人のこと言えないけど、当たるものをコスるのは、全部自己模倣。あ、それ前にやってウケたよね、ウケなかったよね、が判断基準。昨日の自分を超えていくのが仕事じゃん。必ずしっぺ返しがあるんじゃねーの。誰かが飽きたって言い始めると、みんな一斉に飽きたって言うような時代が来る。そうなる前に、自分たちが変わらなくちゃ。いちろう、オレたちで変えようぜ」

自己模倣という甘い蜜。今日もまた、自己模倣でやり過ごし、苦い思いを繰り返す。星山が、繰り返し言っていた言葉が蘇る。

新幹線の窓から、夕闇の迫る空に、巨人の手のような雲が浮かんでいる。それが死神の手のように見える。死は、巨大なる死神の手で、ある日突然、すべてを奪う。姉の死の時

もそうだった。姉のいた日常。姉のいた幸福。姉のいた安心感。ひとり姉の命だけではなく、当たり前の日常から、すべてを奪って空白にする。自分の心もその一部を奪われてゆく。奪われた空白を長い時間をかけて、埋めていく。

星山の死を恐れるのは、自分の中にできる喪失感という空白を恐れているからなのかもしれない。そんな思いを抱いている間に、新幹線は、人もまばらな福島駅に着いた。


総合病院の独特な消毒液の清潔感を感じながら、星山の病室の前に落ち着いた。ちょっと、笑顔の練習をする。

「星山、来たよ」

明るい声で部屋に入ると、星山は、うつらうつらしていたようだ。パッと目を開けると、

「いちろう、忙しいのに遠くまで悪いな。なんだか眠いだけで、病気って気がしないんだ」

「顔色いいし、治療がうまくいってるのかもな」

星山の顔には黄疸が出ていた。

「握手してくれ、まだ、スゴい力があるんだ」

握った手には、確かに力があった。余命わずかな人の力ではなかった。それだけに、胸が詰まった。思い出話をしながら、星山がうとうとする。そんな時間が、何時間も続いて、点滴の時間になる。

「星山、また来るよ」

するとうとうとしていた星山が、がばっと起き上がり、

「ひとつ、ご陽気に！」

と一言、元気だった頃の声に戻って声をかけると、ニッコリと笑った。

それが、星山との最後になった。


独立する決意をしたものの、いちろうは、どうしても、あの人に自分の口から伝えなくてはならなかった。

アントニオ猪木。自分をここまで導いてくれた偉大なる北極星。あの人の言葉によっては、独立を取り止めてもいい。あの人だけは、裏切れない。

両国国技館の控室を重い足取りで訪ねた。選手たちは、いつもの控室にいるが、そこに猪木さんはいない。

居場所は、すぐにわかる。通路上に半畳程の木枠。高さ1メートル50センチの木枠でできた立方体。その周囲は新聞紙で、隙間なく覆われている。

特別な試合に臨む時の、猪木流控室。ここで、瞑想して、神経を研ぎ澄ます。新聞紙で覆われた小さな控室が、時々、巨大な祈りの場に思える。

その新聞紙の向こう側から、強烈なオーラが漂って近寄り難くなる。やはり、試合後に

しよう。猪木流控室の前を通り過ぎようとすると、ガサゴソと音がして、新聞紙の砦が開いて、ニッコリと笑顔を浮かべた猪木さんが、顔を出した。

「狭いけど、中に入らない」

とまたニッコリ。猪木の瞑想場は、確かに狭く、顔と顔がくっつきそうだった。

「こういう言葉がある。この道を行けばどうなるものか。危ぶむなかれ、危ぶめば道はなし。踏み出せば、その一足が道となり、その一足が道となる。迷わず行けよ、行けばわかるさ」

「猪木さん」

「いちろうさん、行けばわかるさだよ。オレもそうやって生きてきた」

「猪木さんを裏切るようで」

いちろうは、嗚咽が込み上げてきた。

「オレなんて裏切っていいの。だけど、自分の心は裏切っちゃダメだ」

木枠を新聞紙に囲まれただけの部屋で、猪木さんを前にいちろうは、赤ん坊のように泣いた。

エピローグ

「風車の理論は、人生のいろんな局面であてはまるよね」

いちろうは、猪木さんから、そう言われたことがある。

コンディションがいい時は、どうしても力んでしまう。なまじ相手が仕掛けてきた技に抵抗しようとする。そうすると、万事休す。逆に相手に決められて、敗れてしまう。一方、肩を負傷していたり、足首を痛めていたり、まったく不調の時には、逆に力が入らないので、相手がガンと力をかけてくると、相手の仕掛けの力を引っ張り込んで、利用する。力むことなく技をかける。すると相手は回転して飛んでいく。

「これは合気道の精神にもつながるだろうな。風車の理論、どんな局面でも役に立つぞ」

猪木さんが、そう言っていたのを、いちろうは今も思い出す。

あらゆる困難を風になって受け流した猪木さん。今は、その猪木さんが風になった。

人はひとりでは、**何者**でもない。
誰かの**息子**になり、誰かの**娘**になり、
誰かの**父**となり、誰かの**母**となる。

誰かの師となり、誰かの弟子となる。

どこかの町に住み、どこかに旅をする。

友人と出会い、恋人と別れる。

何かを夢見て、何かをなしとげ、あるいは、何ひとつなしとげない。

そして、いつの間にか、何者かになる。

そして、青春は、終わる。


人間は、人であれ、環境であれ、取り巻くものによって織りなされる存在なのだ。ひとりひとりの人生のストーリーは、どこかで交差する。無数のストーリーは、時に濃く、時に薄く、個人の物語に互いに編み込まれる。私が生きている限り、先にいった人たちは、心の中に編み込まれていく。私が死んだら、私は誰かの心の中に少しは編み込まれ続ける。

純粋に言うと、ひとりの人生というものは存在しないのだ。他者との関わりの中で、己の人生という一枚の絨毯が織られていくのだ。自信がなくて、コンプレックス満々で、女にモテたいだけで、エゴで、情に厚くない、いちろうという卑小な人間が、巡り合いの編み目だけをたぐり寄せながら、喋り屋と名乗るようになったのだ。

「それでは皆様、ごきげんよう、さようなら」

参考文献

『トーキングブルースをつくった男』
元永知宏・著　株式会社古舘プロジェクト・協力
河出書房新社　２０２２年

『ツァラトゥストラはこう言った 上』
『ツァラトゥストラはこう言った 下』
ニーチェ・著　氷上英廣・訳
岩波文庫　１９６７年・１９７０年

『テンペスト　シェイクスピア全集〈８〉』
シェイクスピア・著　松岡和子・訳
ちくま文庫　２０００年

『ブッダのことば　スッタニパータ』
中村元・訳
岩波文庫　１９８４年

『老人と海』
ヘミングウェイ・著　高見浩・訳
新潮文庫　２０２０年

『無常断章』
清沢哲夫・著
法蔵館　１９６６年

古舘伊知郎

ふるたちいちろう

1954年12月7日生まれ、
東京都北区滝野川出身。
立教大学を卒業後、1977年、
テレビ朝日にアナウンサーとして入社。
「古舘節」と形容されたプロレス実況は
絶大な人気を誇り、フリーとなった後、
F1などでもムーブメントを巻き起こし
「実況＝古舘」のイメージを確立する。
一方、3年連続で
『NHK紅白歌合戦』の司会を務めるなど、
司会者としても異彩を放ち、
NHK＋民放全局で
レギュラー番組の看板を担った。
その後、『報道ステーション』（テレビ朝日）で
12年間キャスターを務め、
現在、再び自由な喋り手となる

喋り屋いちろう

2023年7月31日　第1刷発行

著者　古舘伊知郎

発行人　樋口尚也

編集人　地代所哲也

発行所　株式会社　集英社

〒101-8050

東京都千代田区一ツ橋2-5-10

電話　編集部　03-3230-6371

販売部　03-3230-6393（書店専用）

読者係　03-3230-6080

印刷所　凸版印刷株式会社

製本所　株式会社ブックアート

ISBN978-4-08-790110-8 C0093